임진록

책임 편집 이병찬

성균관대학교 국어국문학과를 졸업하고 같은 학교 대학원에서 석사학위와 박사
학위를 받았다. 현재 대진대학교 한국어문학부 교수이다. 저서로『동야휘집 연
구』,『고전문학 교육의 이해와 실제』,『포천의 설화와 문학』등이 있다.

한국 문학을 읽는다 17

임진록

인쇄 2015년 4월 9일
발행 2015년 4월 16일

지은이 · 작자미상
펴낸이 · 김화정
펴낸곳 · 푸른생각
책임편집 · 이병찬 | 편집 · 지순이, 김선도 | 교정 · 김수란

등록 · 제310-2004-00019호
주소 · 서울시 중구 충무로 29(초동) 아시아미디어타워 502호
대표전화 · 02) 2268-8706(7) | 팩시밀리 · 02) 2268-8708
이메일 · prun21c@hanmail.net
홈페이지 · www.prun21c.com

ⓒ 푸른생각, 2015

ISBN 978-89-91918-40-5 04810
ISBN 978-89-91918-21-4 04810(세트)
값 13,000원

17

한국 문학을 읽는다

임진록

작자미상

책임편집 이병찬

푸른생각
PRUNSAENGGAK

전쟁은 위대한 서사시와 위대한 영웅을 남기는 게 아니라
눈물과 고통, 피를 남긴다.
― 클라우제비츠(프로이센의 군인·군사 이론가, 1780~1831)

역사의 원동력, 그 이름 민초(民草)

『임진록』은 작자와 창작 연대가 미상이며, 임진왜란을 배경으로 한 전쟁을 다룬 군담소설이다. 그러나 영웅적 주인공 한 사람의 활약에 초점을 맞춘 영웅소설로 불리지는 않는다. 임진왜란에서 활약한 수많은 인물들의 싸움이 파노라마식으로 전개되기 때문이다. 즉 이 작품은 단일 인물을 중심으로 일관된 스토리로 이어지는 소설이 아니라, 임진왜란 기간에 활동한 여러 인물들의 이야기가 종합되어 있다. 그것도 인물 자체보다는 각자가 벌이는 전쟁에 얽힌 이야기, 즉 군담(軍談)이 주를 이루는 작품이다. 따라서 『임진록』은 그 구조나 인물의 성격으로 보아서 영웅의 일대기를 구현하는 『유충렬전』과 같은 영웅소설이 아니다. 하지만 『박씨전』처럼 국내의 역사적 전쟁을 배경으로 하면서 여러 실존 인물과 가공 인물을 등장시켜 이들의 활약을 통하여 전쟁에 승리함으로써 정신적 보상을 추구하는 역사 군담소설의 성향을 띠고 있다.

임진왜란의 상처는 극심한 것이어서 7년의 세월을 끌면서 국력을 모두 소모하였고, 민중은 민족적 울분과 분노를 금치 못하게 되었다. 이처럼 전란을 겪고 세월이 흐르면서 그 분노와 적개심과 회한(悔恨)이 뒤얽혀 『임진록』이 지어진 것이다. 조상이 겪은 뼈저린 체험이 신화화되어 작품으로 탄생했고, 후손들이 다시 자기의 감정에 따라 또 다른 전승담을 보태면서 다양한 여러 이본(異本)들이 양산되었다. 그래서 60여 종에 이르는 이본 간의 내용적 편차도 상당하다. 한글본과 한문본은 그 내용이 전혀 별개로 구성되어 있으며, 세부적인 디테일에 있어서는 동일성을 찾아보기 어렵다. 대체로 역사적 사실을 충실하게 보고하는 계열과 허구적으로 재편(再編)된 계열로 크게 나눌 수 있다.

『임진록』 판본 가운데에는 양반·사대부 계층에서 발생한 것으로 보이는 이본들도 있으나, 대부분의 이본은 민중 계층에서 발생한 것으로 보인다. 이렇게 민중 속을 파고들었던 『임진록』은 일제하에서는 금서(禁書)가 되기도 하였다. 전쟁의 시련을 경험한 민중에게는 민족의식을 배출할 수 있는 통로가 필요해졌는데, 군담소설이 그 역할을 감당하게 되었다. 아울러 양란 이후 더욱 격렬해진 당쟁의 부조리한 양상을 우회적으로 반영하고 비판하는 수단으로 군담소설을 활용한 측면도 있다.

『임진록』은 역사적 체험을 단순히 재구(再構)하는 데 머물지 않고, 사실(史實)을 재경험하면서 바람직하지 않은 과거를 극복할 수 있게 하기 위해 허구적인 재편을 시도한 작품이다. 곧 임진왜란이라는 사건을 계기로 강하게 솟구친 민족적 응전 의식과 저항 의지를 작품으로 형상화한 것이다. 실제의 임진왜란은 패배의 역사인 반면, 『임진록』은 승리를 그린 문학이다. 실제 전쟁에서의 굴욕과 울분을 바탕으로 하여, 적개심과 회한(悔恨)과 반성 등이 뒤얽힌 승전(勝戰)의 문학으로 변모한 것이다. 이것은 임진왜란을 전후하여 유포된 많은 전쟁 설화가 한데 모여서 후일 문자로 정착된 결과로 보인다.

『임진록』의 전체적인 내용은 다음과 같다.

1) 현실의 뼈저린 반성 : 전쟁의 근본적인 원인이 당쟁으로 인하여 국력을 기르지 못한 데 기인한다는 뼈저린 반성의 기록이다.

2) 굴욕적 청병(請兵) : 왜에 대한 적개심과 배타적 감정뿐만 아니라, 배명(排明) 감정도 또한 적지 않았다.

3) 조정과 민중의 괴리 : 지배 계급에 대한 민중들의 불신 현상이 두드러진다. 관군의 승리라고는 거의 찾아볼 수가 없는 패배의 연속이고, 다만 변방의 기녀, 승병(僧兵), 각처의 의병장들만이 선전할 따름이다. 심지어 김매던 농부들마저 맨손으로 조총(鳥銃)에 저항하고 있다.

4) 심각한 경제적 궁핍 : 기아와 죽음의 밑바닥에서 헤매는 민초들의 처절한 아우성이 생생하게 서술되어 있다.

5) 구원의 수호신 : 임란 후에는 전국의 곳곳에 관왕묘를 세우고 중국 삼국시대의 명장인 관운장을 봉사(奉祠)하였다. 관왕은 『임진록』 여러 곳에서 조선을 지켜 주는 구원의 신으로 나타난다.

6) 임란 전설의 신화화 : 작품에는 수많은 전설과 설화들이 활용되어 있다. 코무덤 전설, 박제상 설화, 신립과 탄금대, 율곡과 화석정, 사명당의 지팡이, 논개와 의암사, 권율과 행주치마, 조헌과 칠백의총, 평양 기생 계월향, 김응서의 애마, 이여송의 봉변, 관운장의 사당, 이순신과 강강술래, 오성과 한음 등 이루 헤아릴 수 없을 정도이다. 다양한 설화들이 연결되면서 민중의 마음을 뒤흔들고 있다.

7) 작품의 마지막 부분에서는 사명당의 초월적인 능력으로 왜왕의 항복을 받아낸다.

『임진록』에 투영된 임진왜란에 대한 인식은 첫째, 선조와 붕당에 대한 비판, 둘째, 명나라 군대에 대한 부정적 인식, 셋째, 의병이 된 민중들의 활약상에 대한 칭송 등으로 나타난다. 의병은 민중이 스스로 일어나 왜적에 대항하여 싸운 군대로서 왜적에게 연이어 참패를 안겨 주었다.

이런 의병 활동에 대한 묘사는 자긍심과 민족의식을 높여 준다. 작품 속에서 의병장들은 지혜와 용맹을 발휘하여 전쟁을 승리로 이끌었고, 공을 세운 후에도 벼슬을 받지 않으려는 사리사욕이 없는 인물이라는 부분에 초점이 맞추어져 있다. 나라가 위기에 처했을 때 나라를 구하는 사람은 지배층도 명나라의 장군도 아닌 백성이라는 것을 강조한 설정이다. 그것은 연안 고을의 백성들이 왜적을 물리치는 부분과 유명한 행주대첩에서 의병들이 활약하는 모습 등에서 잘 나타난다. 전쟁을 하는 의병들에게는 남녀노소가 따로 없었고, 특히 일반적으로 약한 존재로 인식되는 여자들의 역할이 컸음을 보여 주기도 한다.

『임진록』에서 보여 준 겨레의 슬기, 명장(名將)과 의병(義兵)과 의기(義妓)들의 정신적 편모(片貌)는 그 영원한 신화와 함께 우리 마음에 민족의식을 불어넣어 준다. 패배와 굴욕의 현실을 경험했던 우리 조상들은 패배한 역사 그대로를 현실로 인식하지 않았으며, 오히려 역사와의 끈질긴 대결을 통해서 마침내 비극의 역사를 승리의 역사로 변조시켰다. 이 변조된 역사는 비록 우리 민족의 슬픈 승리이기는 하지만, 여기에서 민중이 주동이 되는 국민문학이 탄생하고, 역사적으로 우위에 선다는 존재 가치를 지니게 되는 것이다.

이 작품은 민중을 중심으로 생활 속에서 유전되던 역사적 사건이나 인물들이 그들의 의식 구조와 독자층의 기호에 맞게 변형되고 파생되며 형성된 것이다. 이때 양반·사대부들에 의해서 소외되었던 인물이 영웅으로 부각되기도 한다. 민족적인 차원에서 이민족에 대응하는 민족의식과 하층민이 지배 집단에 대응하는 민중 의식이 강하게 표출되어 있다. 선조를 비롯한 사대부들의 무능력과 비겁성에 대한 신랄한 비판이 이루어지고 있고, 많은 의병장들을 등장시켜 조선 민중으로 이루어진 의병이 애국적으로 투쟁하여 전쟁을 승리로 이끄는 과정을 생생하게 보여 준다.

　푸른생각에서 기획하여 발행하는 '한국 문학을 읽는다' 시리즈는 작품의 원문을 충실하게 실었다. 어려운 단어에는 낱말풀이를 세심하게 달아 작품의 이해를 돕고, 본문의 중간중간에 소제목을 붙여 이야기의 흐름을 놓치지 않도록 하였다. 또한 각 작품에 들어가기 전에 등장인물을 소개하고, 수록한 작품 뒤에는 줄거리를 정리한 〈이야기 따라잡기〉를 마련해 놓았다. 그리고 〈쉽게 읽고 이해하기〉를 마련해 작품의 세계를 좀 더 깊게 이해할 수 있도록 했다. 또한 책의 끝에 〈작가 알아보기〉를 마련해 작가의 생애를 독자들에게 소개하였다.

　『임진록』은 임란 후 현실에 대한 절실한 반성과 조선조 봉건사회의 변혁, 체질 개선 등을 자각적으로 내세우고 있다. 단 며칠 만에 전국토가 유린되는 허탈감 속에서 민중이 당쟁과 부패의 온상이었던 지배 계급을 불신하고, 조정과 민중의 괴리를 절감한 결과이다. 아울러 일본에 대한 적개심뿐 아니라 명나라에 대한 굴욕적 청병 과정, 이여송의 횡포 등을 통하여 자주적인 국방과 국력이 절실함을 보여 준다. 이와 함께 이순신과 권율, 김응서 등을 제외하고는 대부분 이름없는 사람들의 활약을 통하여 민족의 저력을 과시해 보려는 의도도 확실한 작품이다. 임란의 참패는 작품 속에서 민초들에 의한 통쾌한 승리로 탈바꿈하고 있다. 이 작품을 통하여 역사의 수레바퀴를 굴리는 원동력으로서 민초(民草)들의 건강한 힘에 다시 한 번 공감하기를 바란다.

책임편집 이병찬

한국 문학을 읽는다 **임진록**

일러두기

1 각각의 작품은 등장인물 소개―작품 게재―이야기 따라잡기―쉽게 읽고 이해하기의 순서로 되어 있습니다.
2 독자의 이해를 돕기 위해 원문의 한자나 어려운 옛말은 현대어로 풀어 주었고, 낱말 풀이를 상세하게 달았으며, 중간중간에 소제목을 붙였습니다.
3 〈등장인물〉에서는 작품에 등장하는 주요 등장인물을 소개하고 간단하게 설명하였습니다.
4 〈이야기 따라잡기〉에서는 작품의 줄거리를 요약 정리하였습니다.
5 〈쉽게 읽고 이해하기〉에서는 작품을 감상하는 데 필요한 핵심적인 요소를 짚어 주었습니다.
6 마지막으로 〈작가 알아보기〉에서는 작가의 생애와 작품 활동, 작품 세계 등을 이해할 수 있습니다. 작가가 알려지지 않은(작자 미상) 작품의 경우에는 〈작가 알아보기〉가 생략되어 있습니다.

『임진록』은 임진왜란 때

전국에 일어난 의병들과

용감한 장군들의 활약으로

전쟁에서 승리할 수 있었다는 내용의 소설로,

임진왜란의 고통을 잊고

정신적으로 보상을 받으려고 하는

우리 민족의 바람을 담고 있다.

임진록

"도적을 모두 무찌르면 순신이 비록 죽어도 한이 없겠습니다.
하늘은 감동하시어 수륙에 가득한 왜적을 다 무찌를 수 있게 하소서."

등장인물

최일령 선조 임금의 꿈을 풀다가 노여움을 사 동래로 귀양을 간다. 전쟁 중에 선조에게
　　　　계책을 내놓아 전쟁을 승리로 이끈다.

이순신 애국심이 강하고 용맹과 지략을 겸비한 장군이다. 조정이 당파 싸움만을
　　　　일삼을 때 혼자 왜적의 침입에 대비하여 거북선을 만들고 수군을 훈련시킨다.
　　　　왜적이 침입하자 바다에서 적들을 전멸시킨다. 그러나 마지막 승리를 거둔 노량
　　　　싸움에서 장렬하게 전사한다.

김응서 지략이 뛰어나고 힘이 세며 무술에 능하다. 또 나라를 위하여 어떠한 어려움이
　　　　있어도 지조를 굽히지 않는다. 일왕의 항복을 받기 위해 강홍립과 함께 일본에
　　　　건너가나 강홍립이 배신하자 그를 죽이고 자신은 자살한다.

정문부 함경도에서 의병을 일으켜 왜군을 공격하여 크게 승리한다. 왜장 청정은
　　　　정문부에게 혼비백산하여 도망친다.

곽재우 나라를 구하기 위해 집안의 재산을 털어 의병을 모은다. 홍의장군으로 이름을
　　　　떨친다. 교묘한 전술로 왜군을 격파하여 왜군들이 감히 대항하지 못하는 신적인
　　　　인물이 된다.

사명당 서산대사의 제자로 스승의 명령을 받아 일본으로 건너가, 그들의 항복을
　　　　받아낸다. 그리고 일본이 조선에 해마다 조공을 바치도록 한다.

임진록

평수길이 일본을 통일하다

동남해에 일본이란 나라가 있었다. 진시황 시절에 서불(徐市, 중국 진시황 때의 술법사. 남녀 어린이 삼천을 거느리고 불사약을 구하기 위해 동해 봉래산을 향해 뱃길을 떠나 돌아오지 않았다고 함) 등이 어린아이들을 데리고 불사약을 구하러 삼신산을 찾아갔다가 얻지 못하고 그 섬에서 살게 되었다고 한다. 그래서 일본에 사는 사람들을 서불의 자손이라고도 하였다. 그 후부터 이곳에 인물이 번성하자 나라를 세우게 되었으며, 국호를 왜(倭)라고 부르게 되었다.

신라 혜공왕(신라 36대 왕)이 처음으로 왜란을 당했으며, 자비왕(신라 20대 왕. 이때 왜가 자주 침범하였음)에 이르러서는 명장 석우가 왜란에서 죽었고, 고려 왕이 왜와 친교를 맺고 여러 번 혼인하였다. 우리 조선에 이르러서는 세종조와 명종조 때에 왜인이 자주 침략해 와서 변방이 편안할 날이 없었다.

명나라 세종(世宗, 명나라 11대 황제 가정제. 재위 1521~1567) 때 중국 침주 땅에 박수평이라는 사람이 있었다. 왜인이 자주 강남을 침범하다가 마침내 침주에 이르러 수평이 왜인에게 죽고 말았다. 그 아내 진씨는 유명한 미인이었는데, 왜인에게 잡혀서 살마주 땅에 있는 평신이라는 사람의 아내가 되었다. 원래 진씨는 수평과 있을 때 임신 삼 개월이었다. 평신에게 온 지 열 달 만에 아들을 낳았는데, 그 달수를 다 합하면 십삼 개월이었다.

진씨가 임신하여 꿈을 꾸었는데, 황룡이 공중에서 내려와 진씨 품으로 달려들었다. 깜짝 놀라 깨어 보니 꿈을 꾼 것이었다. 진씨는 그 후로 계속 몸이 불편하였다.

그러던 어느 날, 홀연 향기가 방 가운데로 퍼지며 붉은 기운이 사방에 자욱하였다. 이때 한 남자아이를 낳았는데, 용의 머리에 호랑이 눈이요, 원숭이 팔이며 제비 턱이니, 마치 영웅의 기상을 타고난 듯하였다.

평신이 크게 기뻐하여 이름을 수길(秀吉, 풍신수길(도요토미 히데요시). 미천한 집안에서 태어나 오다 노부나가의 부장으로 무공을 세우고 일본을 통일한 뒤 조선 침략의 야욕을 품고 임진왜란을 일으킴)이라 하고 자를 평운산이라 하였다. 수길이 세 살에 이르러서는 그의 목소리가 용의 소리 같았으며, 기이한 일도 많이 일어났다. 다섯 살 때에는 문장에 능통하게 되니 보는 사람마다 칭찬하였다.

수길이 점점 자라 나이 일곱 살에 이르러서는 기골이 장대하고 지혜가 뛰어나 보통 사람과 크게 달랐다. 그러던 어느 날, 수길이 생각하기를, '내 마땅히 일본 육십육 주를 두루 구경하리라' 하고는 혼자서 집을 떠나 온 산천을 걸어서 돌아다녔다. 수길이 집마도 땅에 이르러 날이 매우 덥고 몸도 피곤해지자 잠시 앉아서 쉬고 있었다. 마침 관원이 경치를 구경하고 돌아오다가 수길의 모습이 기이함을 보고,

'이 아이 나중에 매우 귀하게 되리니 그냥 지나치지 못하겠구나.'

하는 생각이 들어, 즉시 수길을 불러 물었다.

"그대는 어느 곳에 살며 이름은 뭐라 하는가?"

수길이 대답하였다.

"나는 살마주 땅에 사는 평신의 아들 수길입니다."

그 관원이 좋은 말로 달래어 말하였다.

"나는 살마주 관백(關白, 옛날 일본에서 왕을 보좌하던 중직)이라 하는데, 일찍이 자식이 없어 대를 잇지 못할까 걱정하다가 오늘 그대를 보니 사랑하는 마음을 어찌할 수 없구려. 내 아들이 되어 나를 대신해 한 나라의 군을 통솔하는 지위를 갖는 것 또한 장부의 즐거운 일이라. 그대 뜻이 어떠한가?"

수길이 이 말을 듣고 땅에 엎드려 절하며 말하였다.

"미천한 사람의 자식을 버리지 아니하시고 이렇듯 감싸 주시니 이 은혜 백골난망(白骨難忘, 죽어서 백골이 되어도 은혜를 잊을 수 없다는 말)입니다."

관백이 크게 기뻐하며 즉시 수길을 데리고 궁중에 돌아와 좋은 의복을 입히고 술과 안주를 먹였다. 그리고 나라를 다스리는 일에 대해 의논하니, 수길의 대답이 물 흐르듯 술술 나오고 모르는 것이 없었다. 관백이 대견하게 여겨 수길을 장군으로 임명하였다. 수길은 지략이 뛰어나고 또한 용맹스러웠으며 재주가 뛰어났다. 수길이 팔도 영웅으로서 일

본의 육십육 주를 통일하여 그 위세 있는 이름을 크게 떨치니 바다에 있는 작은 섬나라들이 그에게 항복하였다. 수길이 비로소 야망을 품고 기세등등하게 왕을 폐하여 신성군으로 삼고 스스로 제호(帝號, 제왕의 칭호)를 칭하며 원호(元號, 연호. 임금의 재위 연대에 붙이는 칭호)을 고쳐 '가라문국'이라 하니, 이때가 바로 우리 조선은 선조(조선 14대 왕. 선조 25년(1592년)에 임진왜란이 일어남) 임금 때였다. 또한 이때가 명나라 신종(명의 제13대 황제 만력제. 재위 1572~1620) 육 년 봄 삼월이었다.

조선에 불안한 기운이 돌다

이때 우리 조선의 관상감(조선 시대 천문, 지리, 역수, 측후, 각루 등의 일을 보던 관부)이 이러한 사실을 임금에게 아뢰었다.

"장성(長星, 혜성)이 동남쪽에 떠 있은 지 몇 개월이 지났습니다."

임금이 근심하니 신하들이 모두 조회(朝會, 모든 관리가 조정에 나아가 임금을 뵙던 일) 때에 나와,

"중국이 무사하고, 황제가 조선을 극히 대접하시니 무슨 일이 있겠습니까?"

하고 위로하니, 임금이 반신반의(半信半疑, 반쯤은 믿고 반쯤은 의심함)하였다.

기묘년에 이르러 샛별이 자주 보이고 흰 무지개가 자주 해를 가리니 지식 있는 자들의 근심이 가장 많았다. 또한 경신년에는 경상도 단성 고을에 있는 해음강이 저절로 마르고, 동해에서 나는 고기가 서해로 모이고, 연평 바다에서 나던 청어가 요동서 잡힌다 하여 떠들썩한 소문이 자

자하였다. 임오년이 되어서는 호랑이가 평양성 안에 들어와 사람을 무수히 죽이고 대동강이 칠 일을 두고 마르거나 핏빛같이 변하고, 칠 일 동안 성안에 또 검은 기운이 가득하였다. 무자년에는 황해도 물이 삼 일 동안이나 핏빛이 되더니 물고기들이 떼지어 죽어 물 위에 수없이 떠오르기도 하였다. 게다가 남해 물이 자주 넘치니 사람마다 당황하여 의견이 분분하게 되었다. 그러자 전교수 벼슬을 하던 조헌(趙憲, 조선 선조 때의 문신, 의병장, 학자. 임진왜란 때 의병을 일으켜 옥천, 홍성 등지에서 활약하였으나 금산에서 칠백 의병과 함께 용감히 싸우다 전사함)이란 사람이 이렇게 나라에 자주 재난이 일어나는 것을 보고 상소(上疏, 임금에게 글을 올림)하였다.

"제가 비록 지식이 없사오나, 요사이 천문을 보니 금성이 동북쪽으로 지고 재난이 연이어 일어나고 있습니다. 세상 인심도 꽤 사나워져 부모 형제 서로 인륜을 모르게 되었사오니, 조만간에 반드시 변이 있을 것입니다. 임금께서는 빨리 각 도에 단단히 일러 군사와 병기를 정비하소서."

임금이 이 상소를 보고 의심하여 결단을 내리지 못하였다. 그때 형조판서 유홍(俞泓, 선조 때의 정승)이 임금 앞에 나아가 아뢰었다.

"이 같은 태평시에 조헌이 요망한 말을 하여 민심을 혼란케 하니 그 죄가 무겁습니다. 임금께서는 빨리 조헌을 함경도 갑산에 유배를 보내셔서 민심을 진정시키십시오."

임금이 그 말을 옳게 여기고 즉시 조헌을 함경도 갑산으로 유배 보내라고 분부하였다.

최일령이 유배 가다

하루는 임금이 꿈을 꾸었는데, 어떠한 계집이 기장을 자루에 넣어 머리에 이고 천천히 들어와 내려놓았다. 임금이 놀라 깨어 보니 한갓 꿈이었다. 임금이 모든 신하들을 불러 꿈 이야기를 하고 주위를 돌아보며 말하였다.

"그대들이 이 꿈을 풀어 보라."

이에 영의정 최일령이 아뢰었다.

"신이 꿈풀이를 해 보니, 가장 불길합니다."

임금이 말하였다.

"길하고 흉한 것에 대해 이야기해 보라."

일령이 엎드려 말하였다.

"소신이 잠깐 풀어 보니, 사람 인(人) 변에 벼 화(禾) 자가 붙었고 그 아래 계집 녀(女) 자가 있으니 이 글자는 왜(倭) 자입니다. 아마도 왜놈이 들어올 듯합니다."

임금이 크게 화를 내며 꾸짖었다.

"시절이 태평하거늘, 경은 어찌 허튼 말을 하여 인심을 시끄럽게 하고 짐의 마음을 불안하게 만드느냐?"

그러고는 임금이 다시 말하였다.

"일령을 멀리 멀리 귀양 보내거라!"

일령이 엎드려 사죄하며,

"소인이 지식이 없어 쓸데없는 말을 하였으니, 그 죄 죽어 마땅하오나 엎드려 비오니 폐하께서는 죄를 용서하여 주오소서……."

하고 머리를 조아리고 애걸하였다. 그런데도 임금이 크게 화를 냈다.

"잔말 말고 바삐 귀양을 떠나라."

일령이 어쩔 수 없이 유배지로 가서 밤낮으로 임금과 가족을 생각하며 탄식하였다. 이때가 바로 임진년 봄 삼월이었다.

평수길이 야망을 품다

평수길이 황제의 자리에 오르고 조정(朝廷, 임금이 나라의 정치를 하던 곳)의 항복을 받으며 뜻이 교만하여 스스로 생각하였다.

'내 어찌 조그만 나라를 지켜 제후의 왕처럼 하리오.'

드디어 모든 신하들과 함께 의논하여 말하였다.

"내 이제 백만의 병사를 거느리고 북으로 조선을 치고 이어서 명나라를 공격하여 천하를 통일하고자 한다. 어떻게 하면 좋겠는가? 그대들은 생각하는 바를 말해 보라."

말이 채 끝나기도 전에 한 사람이 나섰다.

"조선을 치고 명을 통합하고자 한다면, 반드시 조선을 무사히 지난 후에야 비로소 중원(中原, 중국 문화의 발원지인 황허 강 중류의 남북 양안의 지역)에 들어갈 수 있습니다. 조선은 본디 예의 바른 나라라, 현인 군자 많으니 가볍게 뜻을 이루지는 못할 것입니다. 조선을 치고자 한다면 마땅히 지혜와 용맹을 겸비한 사람을 가려 먼저 조선에 가서 그 형편을 탐지하며 산천의 험한 정도를 살핀 후 병사를 움직이는 것이 좋을 것입니다."

모든 신하들을 돌아보아,

"누가 나를 위하여 먼저 조선에 나아가 살펴보고 오겠느냐?"

말을 마치기도 전에 여덟 장군이 일시에 뛰어나와 말하였다.

"우리들이 이 임무를 맡고자 합니다."

돌아보니 첫번째는 평조익, 두 번째는 평조신, 세 번째는 평조강, 네 번째는 안국사, 다섯 번째는 선강정, 여섯 번째는 평의지, 일곱 번째는 경감로, 여덟 번째는 송인현소였다. 평수길이 기뻐하며 말하였다.

"그대들이 힘써 일을 이루면 반드시 큰 상이 있으리라."

각각 은자 삼천 냥씩 주어 반전(盤纏, 노자, 여비)에 보태게 하니 여덟 장군이 즉시 하직(下直, 먼 길을 떠날 때 웃어른께 작별을 고하는 것)하고 행장(行裝, 여행할 때 쓰이는 물건)을 차려 배를 타고 우리 조선으로 향하였다. 부산에 이르러 각각 의복을 바꾸어 중이나 거사, 또는 장사치로 차리고 서로 길을 나누어 가며 다시 기약하였다.

"우리가 각각 한 도씩을 맡아 잘 살펴보고 삼 년 안에 도로 부산에 모이세."

하고 각기 각 도로 들어갔다.

이 무렵 우리 조선은 운수가 불행한 때라, 일본이 군사를 일으키는 줄 전혀 모르고 일체 군사와 무기를 준비하지 않으니 어찌 안타깝지 않겠는가. 이때 태평원 뒤에 큰 돌이 절로 일어서고, 만수산 아래에 봉선(封禪, 흙으로 단을 쌓아 하늘과 땅에 제사 지내던 곳)이 있어 날마다 비어 있기를 십여 일은 하였다. 이로 인해 인심이 소란하고 지식 있는 자는 깊은 산속에 들어가 은거하는 경우가 많았다.

이때 왜장 여덟 사람이 조선 팔도에 흩어져 사적(事績, 일의 실적이나 공적)한 후에 부산으로 모여 다시 배를 타고 일본으로 들어가 수길을 보고 조선 지도를 올리며 사정을 일일이 고하니, 수길이 기뻐하여 큰 상을 내리고 즉시 사신을 청하여 우리나라에 이런 문서를 보냈다.

조선이 일본과 더불어 이웃하였으나 일찍 서로 연락한 적이 없으니 그 일이 가장 잘못된 것이고 또 우리가 중국과 통하지 못하게 하니 더욱 유감이오. 지금 이후로 양국이 화친하고 일본 사신으로 하여금 중국과 교류하게 해 주시오. 그렇지 않으면 먼저 조선에 큰 화가 미칠 것이오.

또한 이렇게 적었다.

천하의 형세를 다 장악하고 있는 중이니 누가 감히 거역하겠는가.

임금이 그 글을 보시고 크게 근심하여 모든 신하를 모으고 그 일을 의논하라 하니 신하들이 한결같이 아뢰었다.
"사신을 일본에 보내어 가까이 지내도록 하고 겸하여 왜인의 사정을 탐지함이 상책인가 합니다."
임금이 즉시 김성일(金誠一)과 황윤길(黃允吉)로 상부사를 삼아 일본으로 보내니(풍신수길의 숨은 뜻을 정탐하기 위해 황윤길을 통신사, 김성일을 부사, 허성을 서장관으로 삼아 일본에 파견하였는데, 서인 황윤길은 병란을 예고하였으나 동인 김성일은 병란이 없을 것이라고 서로 반대 입장을 취하였음), 이 두 사람이 명을 받고 일본에 들어가 평수길을 보고 국서(國書, 한 나라의 임금이 다른 나라에 보내는 문서)를 전하니, 수길이 다 보고서 매우 화가 나서 말하였다.

"조선 왕이 만일 친히 이르러 조회하고 일본 사신으로 하여금 중국으로 들어가는 길을 열어 주면 모르겠으나, 그렇지 아니하면 조선이 먼저 큰 화를 만날 것이다."

우리 사신을 좋지 않은 술 여러 잔으로 대접하고, 조선으로 돌아갈 때는 은자 사백 냥을 선물로 주고 답장을 써서 주었는데, 그 뜻이 더욱 거만하였다.

왜군이 조선에 쳐들어오다

신묘년에 이르러 수길이 평의지를 부산 동헌관에 보내어 배를 타고 말하였다.

"조선이 우리 사신을 명나라에 들어가게 하면 서로 좋을 것인데, 그렇지 않으면 너희 인민이 많이 다치리라. 여기서 머물러 대답을 듣고 가려 하노라."

조선이 여기에 한마디 대답도 하지 않자 평의지가 화를 내며 배를 돌이켜 본국으로 돌아가서 수길에게 이를 알렸다.

수길은 벌써 뜻을 세우고 모든 장군에게 군사 내보낼 계획을 의논하고 있었다. 청백세 대장이 말하였다.

"이제 만일 조선을 치고자 한다면 날랜 장수 넷을 뽑아 네 길로 나아가되, 북해를 건너 부산에 이르러 두 장수는 수로로 가서 조선 삼남을 치면 조선 왕이 반드시 평안도로 달아날 것이오. 이때 우리 군사가 그 도성을 점령하고, 다른 군대를 보내어 평안도를 공격할 것이오. 또 두 장수는 수로로 가서 서해에 군사를 주둔시키고, 또 군대를 보내어 압록강으로 나아가 북로를 막으면 조선이 비록 중국에 구원병을 얻고자 하나 어찌 통하겠는가. 이리 한 후에 우리가 대군사를 몰아 두 편에서 함께 공격하면 조선 왕을 사로잡을 수 있을 거요. 조선을 얻은 후 즉시 군사를 옮겨 평양에 주둔하고 조선 군사로 요동을 치게 하고 우리 군사가 중원을 공격하면 천하를 얻을 수 있으리라."

수길이 크게 기뻐하여 한편으로 육군을 일으키고 다른 한편으로 해병을 일으켰다. 그리고 섬나라에 격서(檄書, 급히 여러 사람들에게 알리려고 여러 곳에 보내는 글. 특별한 경우에 군병을 모집하거나 세상 사람들의 흥분을 일으키거나 또는 적군을 타이르거나 혹은 꾸짖기 위하여 발표하는 글)를 전하여 각각 군마(軍馬)를 거느리고 싸움을 돕게 하고, 대장 청정(淸正, 가등청정(가토 기요마사). 풍신수길의 부하로 임진왜란 때 활약함)에게 평행장(平行長, 소서행장(고니시 유키나가). 풍신수길의 부하로 임진왜란 때 활약함)과 함께 일군을 거느리고 육로로 나아가 조선 삼남을 치게 하고, 또 마다시 · 심안둔 두 장군에게 각각 군대를 거느리고 수로로 가서 육로 군사를 대하라 하고, 스스로 모든 장군과 대군을 거느리고 뒤를 따라 대응하려 하였다.

이때가 임진년 사월이었다. 정발(鄭撥, 선조 때의 무신. 임진왜란 때 부산진 첨절제사로 왜군과 싸웠으나 적은 수로 많은 적을 당해낼 수 없어 성이 함락될 때 전사함)이 포졸을 데리고 칠섬가 산에 갔는데, 문득 보니 오리 · 갈매기 · 까막까치가 무리지어 왔다. 정발이 이상하게 여겨 마음속으로 의심하더니 이윽고 왜선 수백여 척이 내려와 깃발이 바다를 덮었으며 창검이 해를 가리며 포성이 물결을 뒤치는 듯하였다. 정발이 크게 놀라 황망히 부산으로 돌아왔는데, 미처 성안에 들어가지 못해 왜군의 선봉(先峰, 부대의 맨 앞에 나서서 작전을 수행하는 군대)이 벌써 성안에 들어가 군마와 관졸을 무수히 죽이고 후군이 산과 들에 널리 가득 차게 나오니 부산이 함락되었다. 다다개라는 곳에 이르러 첨사 윤홍신이 갑옷과 투구를 갖추고 포졸 백여 명을 거느리고 힘써 싸워 마침내 왜장을 죽였다. 그러나 윤홍신의 수하에 군사가 하나도 남지 않게 되어 결국 다다개마저 왜군에 함락되었다.

왜군이 동래로 향할 때 함성이 백 리까지 뒤흔들고 그 형세 또한 태산 같았다. 우리 쪽은 이에 놀라 싸우지도 않고 도망하였다. 적이 승승장구하며 나아가 동래성을 포위하니 좌수 백홍안이 이 기별을 듣고 크게 놀라 즉시 수성을 버리고 감영으로 달아났다. 이때 좌병사 이계가 겨우 군사 수백만을 거느리고 동래로 가다가 무수한 왜군이 동래를 철통같이 에워싸고 있자, 감히 나아가지 못하고 소산봉에 진을 치고 승패를 지켜보았다.

이때 동래 부사 송상현(宋象賢, 임진왜란 때 왜군과 항쟁하다 동래성이 함락되자 피살됨. 나중에 그의 충절을 기려 이조판서·찬성에 올림)이 왜군의 기세를 보고 즉시 성문을 닫고 군민을 아침 일찍 피난하게 하고 성을 굳게 지켰으나, 성을 지키던 군사가 수없이 죽고 남은 군사 몇 명은 도망을 쳤다. 왜군 선봉이 먼저 성을 넘어 들어와 성문을 부수고 대군을 맞아들이니 왜군이 물밀듯 들어와 군민을 죽였다. 그러자 울부짖는 소리가 천지에 진동하였다. 송상현이 여기서 벗어나지 못할 줄 알고 군관 김상관과 노복 영남과 함께 급히 관아에 들어와 조복(朝服, 관원이 조정에 문안할 때 입던 예복. 붉은 비단으로 지었음)을 갖추고 북쪽을 향해 네 번 절하고 크게 통곡하였다.

"신(臣)이 공(功)이 없어 변방을 제대로 지키지 못하고, 국가 또한 불행하여 왜군이 성내를 함락하니, 신이 본디 지혜와 용맹이 없어 도적을 막지 못하고 마침내 나라의 은혜를 갚지 못하고 오늘날 죽어 저승에 가오나 눈을 감지 못할 것입니다."

하고 손가락을 깨물어 피로 시 한 수를 이렇게 지었다.

> 외로운 성이 달 두른 듯함이여,
> 큰 진을 구하지 못하였구나.
> 임금을 섬기며 마땅히 충성하였도다.
> 부자(父子) 은혜는 가볍도다.

상현이 시 한 수를 적어 영남에게 주며 말하였다.

"너는 이 글을 가지고 빨리 집에 돌아가 난을 피하여라."

영남이 땅에 엎드려 통곡하며 차마 떠나지 못하였으나, 상현이 재촉하여 보내고 손에 칼을 짚고 중국식 의자에 앉았더니 적이 들어와 상현을 치고자 하였다. 상현이 있는 힘을 다하여 왜군 서너 명을 죽였으나 적이 수없이 들어와 어지러이 치니 상현이 마침내 싸우다가 죽었다.

왜군이 동래를 함락하고 군사를 나누어 울산과 밀양을 칠 때 울산 부사가 힘써 싸우다가 수하 군사 몇 명은 도망하였다. 부사 허함이 적에게 사로잡히게 되고 밀양 부사 박진은 말을 타고 달아났다.

이일이 왜군에게 패하다

이때 청정이 평행장과 함께 동래, 밀양, 울산 등을 함락시키고 경상도를 치고 나오니, 군민의 주검이 산같이 쌓이고 피가 흘러 시내를 이루었다. 경상도 순찰사 김수가 적의 기세가 당당함을 보고 급히 각 읍에 전령을 보내어 백성으로 하여금 멀리 피난하게 하니, 이로 인하여 각처에서 오던 군사가 병사의 전령을 듣고 흩어졌다. 김해 부사 서예원과 초계 군수 이유검이 소문을 듣고 놀라 싸우지도 않고 달아났다. 그러자 적이 무인지경(無人之境, 아무것도 거칠 것이 없는 판)같이 쳐들어와 전라도를 또 공격하니 임금이 또한 크게 놀라 백관을 모으고 의논하였다.

"사태가 이미 이러하니, 경(卿)들은 각각 뛰어난 장수를 천거하여 급히 말을 타고 삼남에 내려보내어 도적을 막게 하라."

신하들이 다같이,

"대장 이일(李鎰, 선조 때 무신. 임진왜란 때 순변사로 왜군을 상주, 충주에서 맞아 싸웠으나 패배함. 그 후 임진강 평양 등지의 동변방어사 평안병마절도사 등을 지냄)과 신립(申砬, 선조 때 무신. 삼도도순변사로 충주 탄금대에서 왜군과 대결하다 패하여 투신 자결함. 영의정에 추대됨) 등이 지혜와 용맹을 겸비하였으니 이 임무를 맡길 수 있을 것입니다."

하니, 임금이 그 말을 따라 즉시 이일을 경상도 순변사(巡邊使, 왕명으로 군사적 사명을 띠고 지방을 순찰하던 특사)로 보내면서 장군의 지략이 있는 승지 김성일을 경상도 좌병사로 보내어 호서 지방 군사를 거느리고 이일에게 대응하라 하였다. 세 명이 즉시 하직하고 밤새워 내려갔다. 이일이 먼저 격서를 보내어 도내 수령을 지휘하여 각각 군사를 거느리고 대구로 모이라고 하였더니, 그나마 모여 있던 군사들마저 밤을 틈타 많이 도망가 버렸다. 그러자 수령들이 모두 의논하기를,

"순변사가 만일 도착하면 우리가 어찌 죽기를 면하리오."

하고는 뿔뿔이 흩어졌다.

이때 이일이 밤낮으로 달려가 충청도 지경에 이르러 보니 백성들이 늙은이를 붙들고 아이들을 이끌고 깊은 산속으로 피난할 때 곡소리가 산야에 진동하였다. 이일이 탄식하고 말을 재촉하여 경상도에 이르렀으나, 여염(閭閻, 백성의 살림집이 많이 모여 있는 곳)이 모두 비었고 인적이 없으니 앞길을 물을 곳이 없어 목마름을 간신히 참고 문경 고을에 이르렀다. 그곳 또한 사람이 없으니 창고를 열어 곡식을 내어 밥을 지어 종자와 함께 요기하고, 대구 고을에 들어가니 또한 빈 곳이라 어쩔 수 없이 아랫사람들을 재촉하여 상주 고을에 들어가 군수 원길을 잡아내어 약속 어긴 것을 이르고 목을 베려고 하니, 원길이 애걸하였다.

"군사를 이제 모으겠습니다."

이일이 원길을 용서하고 급히 군사를 모으라 하였다. 그리하여 창고를 열고 군사를 모집할 때 양식을 얻으러 오는 자가 가장 많아, 곧 수백명을 얻어 여러 종류의 군졸로 수를 채울 수 있었다. 그러나 산속에는 양반과 노약자만 많고 싸울 자는 없었다. 이일이 다 거두어 행렬에 넣고 상주에서 십여 리를 떠나 장천들에 진을 치고 판관 권길, 종자 녹점 등

과 의논하였다.

"마땅히 적의 상황을 탐지해야 하오."

드디어 군관 곽모를 보내어 도적의 동정을 살펴보라 하였다. 곽모가 말을 달려 예교 들판을 지나고 있는데 왜군이 양쪽에 숨어 있다가 일시에 고함치며 내달았다. 곽모가 말을 돌려 달아나더니 문득 방포(放砲, 포나 총을 대놓고 쏨) 소리가 나며 곽모가 말에서 떨어지니 적이 달려들어 곽모의 머리를 베고 일시에 쳐들어왔다. 이일이 호령하여 '대적하라' 하나 군사 본디 오합지졸(烏合之卒, 까마귀 떼처럼 아무 규율도 통일도 없이 몰려 있는 무리, 또는 그러한 군사)로 겁이 먼저 나고 또한 활에 익지 못하니, 어찌 잘 싸우겠는가. 화살이 중간에 떨어지고 하나도 적군을 맞히는 자 없었다. 왜군이 더욱 기세등등하여 일시에 조총(화승총. 왜군들이 사용하던 총) 놓으니 한 총탄에 삼사 명씩 죽었다. 왜군이 깃발을 휘두르며 북을 울리고 사방에서 쳐들어왔다. 이일이 군사를 반이나마 죽였으나 약간 남은 군사마저 뿔뿔이 도망쳐 버렸다. 이일이 말을 타고 창 하나로 죽도록 싸우다가 길을 따라 달아났으나 탄 말이 주검에 걸려 넘어졌다. 이일이 말과 갑옷과 투구를 버리고 다만 창 하나를 들고 내달으니 그 빠르기가 제비와 같았다.

왜장 소섭(蘇攝, 소서행장을 가리킴)이 소리를 질렀다.

"이는 반드시 날개 있는 장수다. 그를 따라가지 못하겠다."

즉시 군사를 거두어 돌아가니 이로 인하여 죽음을 벗어나 급히 산속으로 들어가니 절벽 아래에 한 암자가 있었다. 들어가 보니 빈 절이었다. 배고픔과 목마름이 심했지만 하릴없이 몸이 가장 피로하였다. 절 문에 다리를 걸고 잠깐 누웠더니 홀연 발을 당기는 것이 있었다. 급히 돌아보니 이는 호랑이었다. 발로 한 번 차니 그 호랑이가 소리를 지르고 거꾸러져 죽으니 이 같은 장사는 세상에 드물었다. 이일이 그날 밤을 절에서 머물고 이튿날 충주의 신립의 진으로 갔다.

신립이 전사하다

충청도 순찰사 신립이 밤을 새워 충주로 내려가니 백성들이 다 피난하고 없었다. 겨우 백성 수천을 얻어 오산을 지키고자 하더니 홀연 염탐(廉探, 어떤 일의 사정이나 내막을 몰래 조사함)하고 온 군졸이 알렸다.

"경상도 순변사 이일이 크게 패하여 죽었는지 살았는지 알지 못한다고 합니다."

신립이 크게 놀라 진을 치니, 모든 장수들이 말하였다.

"이곳은 진 칠 곳이 아니라, 적이 만일 여기까지 온다면 거미줄에 걸린 파려와 같을 것입니다."

신립이 말하였다.

"옛날에 한신(韓信, 한나라를 건국한 공신)이 조나라를 칠 때 배수진(背水陣, 물을 등지고 치는 진법의 하나. 후퇴가 불가능하므로 나아가 싸울 수밖에 없음)으로 크게 이겼소. 우리 군사도 본디 전쟁터에 익숙하지 못하고 겁도 많아서 도망갈 생각만 하고 있을 것이오. 그러므로 죽을 위기에 처해 있어야만 힘써 싸울 것이오."

그러자 여러 장수들이 말하였다.

"한신은 적군의 상황을 알아 어린아이 보듯 하므로 이겼지만, 장군이 이제 조그만 군사로 무수한 적을 당할 것이오? 만일 이기면 좋거니와 그렇지 아니하면 한 사람도 살지 못하리니 어찌 두렵지 않겠소?"

신립이 크게 화를 내며 간하는 자를 베고자 하는데 홀연 보고가 들어왔다.

"동쪽에서 한 장수가 창을 메고 우리 진을 향해 옵니다."

신립이 크게 기뻐하여 급히 진문 밖에 나가 보니 이는 바로 이일이었다. 신립이 기뻐하며 맞이하여 들어가 서로 지난 일을 이야기하는데, 급히 군사가 들어와 알렸다.

"왜군의 선봉이 벌써 조령을 넘어 비바람같이 옵니다."

이일이 함께 나가서 보니, 말을 타고서 산과 들을 가득 메우고 오는 것이 다 왜군이었다. 우리 군사들은 한 번 보고 넋을 잃고 실망하여 감히 싸울 마음이 없었다. 신립이 군사를 호령하여 일시에 활을 쏘고 이일과 함께 각각 창을 휘두르며 말을 몰아 바로 적진으로 들려들어 좌충우돌하였다. 왜군이 물밀듯이 쳐들어와 사방을 에워싸고 어지러이 쳐들어오니 신립이 비록 용맹하나 어찌 그 많은 왜군을 대적하겠는가.

신립이 바로 한 무리를 해치우고 달아나다가 적의 탄환을 맞아 물에 빠져 죽으니 적이 기세등등해졌다. 왜군이 한 무리의 군진(軍陣, 전쟁터에서 효율적으로 싸우기 위하여 펼치는 전투 대형)을 쳐부수니 아군이 왜군의 조총과 창검에 다쳐 물에 빠져 죽는 자가 부지기수(不知其數, 매우 많아 그 수를 알 수 없음)였다. 이일이 기세가 이롭지 않음을 보고 말을 타고서 창 하나만 가지고 통영을 향해 달아났다. 그러나 도중에 숨어 있던 왜군 수십 명을 죽이고 길을 따라 달아나니 도적이 보고 감히 따라오지 못하였다. 이일이 드디어 부여 고을에 들어가 패군한 내용을 임금께 알리는 글을 올리고 다시 군사를 모아 도적을 막으려 하였다.

조정과 백성이 절망에 빠지다

조정에서는 신립과 이일 등의 생사를 알지 못하여 절망하고 있는데 사월 이십팔 일에 한 군사가 전립(氈笠, 조선 시대에 무관이 쓰던 벙거지)을 쓰고 동대문으로 바삐 들어왔다. 그러자 길가에 있던 백성들이 한결같이 물었다.

"그대는 어떤 사람이기에 무슨 일로 이리도 급히 오는가?"

그 군사가 대답하였다.

"나는 충청도 순변사의 집안사람으로, 순변사가 어제 왜군과 싸우다가 패배하여 죽고 왜군이 지금 서울을 향하였다기에, 가족을 데리고 피난하려고 여기에 왔소."

그 말이 일시에 퍼져 성안의 모든 사람들이 물 끓듯 하여 피난하는 사람이 수없이 많았고 온 천지에 곡소리가 진동하였다. 조정이 이 소식을 듣고 또한 놀라고 당황하여, 이날 초경(初更, 저녁 7시~9시)에 임금이 황망히 신하들을 모두 모으고 패군 이일의 글을 읽었다.

패장군 이일은 죽을 죄를 무릅쓰고 아룁니다. 신의 충성이 부족하고 지략이 없어 마침내 전군이 패하오니 부월(斧鉞, 출정하는 장군에게 통솔권의 상징으로 주던 작은 도끼와 큰 도끼) 아래 죽는 것을 피하리까.
처음에 신이 말을 타고 내려가 경상 감사에게 명령을 전하여 각 읍 군
마를 대구로 모으라 하고 밤새워 내려가오니 군사는 몇 명 없었습니
다. 신이 홀로 어찌하겠습니까? 급히 산속에 피난해 있는 군민을 모집
하였으나 이들은 오합지졸이라 어찌 수많은 왜군을 당하겠습니까? 한
번 싸웠으나 전군이 패하여 신이 겨우 목숨을 건져 충청도 신립의 진
으로 들어갔으나, 신립의 군사 또한 오합지졸이었습니다. 함께 탄금
대(충주의 명승지. 우륵이 제자들을 가르치며 가야금을 타던 곳) 아래서 왜
군과 싸우다가 전군이 패하고 신립이 전사했으며 신이 아직 부여 고
을에 숨어 지내며 다시 군민을 모아서 도적을 막고자 하오나 적의 기
세가 대단하여 신이 또 사생(死生)을 미리 알 수 없기에, 다만 죽기를
기다리고 있습니다.

임금이 평양으로 피난을 가다

임금이 다 읽고 나서 크게 놀라 신하들에게 대책을 물었다. 백관이 당
황하여 어떻게 할 줄을 모르는데 홀연 정탐군이 알렸다.

"왜군이 벌써 용인에 이르렀습니다."

영부사 김대영과 판부사 허적과 체찰사(體察使, 지방에 군란이 있을 때 왕
대신 그 지방에 가서 일반 군무를 총찰하던 군직. 재상이 겸임) 유성룡(선조 때 유명한
정승)과 도승지 이항복(선조 때 공신. 호는 백사, 오성부원군)과 판의금 이덕형(
선조 때 정승. 호는 한음) 등이 아뢰었다.

"적의 기세 이미 위급하였으니 어가(御駕, 임금이 타는 수레)를 잠깐 평양
으로 나아가 그 위기를 피하소서."

임금이 영부사 김대영에게 말하였다.

"내 덕이 부족하여 뜻밖의 난리를 만나 종묘(宗廟, 조선 시대에 역대 임금과 왕비의 위패를 모시던 왕실의 사당)와 조정을 떠나야 하는 이 안타까움과 분함을 어찌 참겠는가. 본디 경의 충성을 알고 있으니 내 아이를 데리고 함경도로 피난케 하라. 만일 하늘의 도움이 계시면 다시 보리라."

김대영이 엎드려 아뢰었다.

"시대의 운수가 불행하여 이 지경에 이르렀으니 신이 죽기로써 대군을 뫼셔 보호하겠습니다."

임금에게 절하고 사대군을 데리고 급하게 나올 때 앞이 어두워 길을 쉽게 분간하지 못하였다. 임금이 또한 말을 재촉하여 타시고 왕비를 거느리고 궐문을 나설 때 이양원으로 수성대장을 삼고 이전과 변언수 등과 함께 지키라 하였다.

김명원은 한강을 지키게 하고, 신석을 부원수로 삼아 이양원을 따라 도성을 지키게 하시고, 급히 서문으로 나서니, 성안의 백성이 늙은이를 붙들고 어린아이를 이끌어 길가를 메우고 임금 앞에 이르러 물었다.

"우리 임금께서 이제 백성을 버리고 어디로 가려 하십니까?"

하고 일시에 곡소리가 천지를 진동하니 그 모습이 너무 끔찍하여 차마 볼 수 없었다.

벽제관(경기도 고양군에 있던 역관. 조선 시대에 중국으로 가는 사절이 묵었으며 임진왜란 때 치열한 격전지로도 유명함)에 이르러서는 하늘에 구름과 안개가 사방을 둘러싸고 큰 비가 퍼붓듯이 왔다. 백관이며 군졸이 비를 맞고 급히 가더니 마산역을 지나 임진을 건너 동파역에 다달으니 장단 부사 구유현이 약간 음식을 장만하고 임금을 기다렸다. 마침 임금을 따르는 군사와 백성들은 모두 여러 날을 굶었다. 그러니 음식을 보고 어찌 체면과 인심을 생각하겠는가. 다투어 먹으니 임금에게 올릴 음식이 없었다. 구유현이 가장 당황하여 슬그머니 달아났다.

오월 초하루에 개성부를 지나 금천에서 묵고 초이틀에 평산을 지나 무산역에서 쉬고, 초삼일에 황주에 이르러 황해 감사 조인득이 본주 병사와 두어 수령과 함께 군사 수백을 거느리고 임금을 영접할 때 음식을 정성껏 마련하여 임금과 신하, 백성들 모두 굶주림과 목마름을 면하였다. 초사일에 주오하에서 묵고, 초오일에 바야흐로 평양에 이르니, 감사 송언신이 임금을 뫼신 후에 군사를 모아 성을 지킬 준비를 하였다.

왜군이 경성을 점령하다

이때 왜군이 이미 충주를 점령하고 군사를 네 길로 나누어 나오는데, 왜장 평수정이 대군을 거느리고 강을 건너 바로 경성에 다다랐다. 수성장 양원이 성문을 닫고 굳게 지키더니 전령이 알렸다.

"적장 평행장이 또 대군을 거느리고 왔습니다."

부원수 신각이 말하였다.

"적병의 기세가 이렇듯 대단하지만 우리와 같이 적은 군사로 외로이 성을 지키다가 만일 양식이 다 떨어지고 날이 오래 지나면 더 지키지 못할 것이다. 그러니 일찍 성을 버리고 함경도로 들어가 군사를 모아 돌아오는 것이 좋지 않겠는가."

양원이 이를 좋게 듣지 않았다. 신각이,

"스스로 성을 버리고 달아나되 죄 비록 무거우나 마땅히 다른 공을 세워 죄를 씻도록 하리라."

하고 밤에 가만히 동문을 열고 함경도로 달아났다.

평행장의 대군이 바로 한강에 이르니 도원수 김명원이 군사를 거느리고 강변을 지키는데 왜군이 한강을 건너 바로 경성에 이르러 성을 급히 쳤다. 이양원이 왜군의 형세를 보고 너무 급하여 어찌할 바를 몰라 성을 버리고 달아났다. 왜장 평행장·청정 등이 대군을 몰아 경성에 자리 잡고 다시 군사를 청하니, 평수길이 보고를 받고 크게 기뻐하여 즉시 대장 안국사 평정성을 불러 분부하였다.

"이제 평행장·청정 등이 이미 호서 지방을 점령했으며 조선 왕이 평안도로 달아났다 하니 너희 모두가 각각 병사를 거느리고 나아가 청정 등과 합세하여 평양을 함께 공격하라."

두 장군이 이 명령을 듣고 각각 군사를 거느리고 부산에 이르러 밤낮으로 행군하여 경성 가까이 이르러 군사를 주둔시켰다. 사람을 성안에 들여 보내어 청정 등에게 소식을 전하고 후에 군사를 나누어 십 리나 이십 리마다 영채(營砦, 전쟁을 위한 병영의 진터)를 세우고 목책(木柵, 나무 울타리)을 많이 벌이고, 각 관청의 창고를 열고 곡식을 거두어 운반하여 군량(軍糧, 군대의 양식)을 삼았다. 또한 낮이면 금고(金鼓)를 울려 서로 응하고, 밤이면 횃불과 등불을 높이 달아 서로 비추며 도성 안의 백성들 집과 각 마을에 불지르고 정·선릉(정릉은 중종릉, 선릉은 성종과 성종비 정현왕후의 능으로 광주군 언주면 삼성리에 있음. 임진왜란 때 왜군들이 도굴함)을 파니 참혹함을 누가 다 기록하겠는가.

이때 평수길이 종묘에 지키고 앉았고 청정은 평행장과 함께 경복궁에 자리 잡으니 종묘와 사직(社稷, 새로 나라를 세울 때 왕이 제사를 지내던 토지신과 곡식의 신)에서 밤마다 신령이 일어나 적병을 꾸짖어 보채니 견디지 못하였다. 평수정이 화를 내며 종사(宗社, 종묘와 사직)에 불을 지르고 남별궁(南別宮, 지금의 소공동 조선 호텔 자리에 두었던 별궁)으로 옮겨가 머무르니, 청정이 평행장에게 말하였다.

"조선 왕이 이미 평안도로 달아났으니 그대 군대를 거느리고 급히 나아가 평양을 치면 조선 왕이 반드시 의주로 달아나리니 그대 모름지기 평양에 자리 잡고 일체 움직이지 말라. 오래지 아니하여 마다시ㆍ심안 둔이 각각 군사를 거느리고 서해로 압록강에 이르러 마저 무찌르고 오리니, 만일 이같이 하면 조선 왕이 갈 곳 없어 반드시 함경도로 달아날 것이다. 내 또한 군대를 거느리고 함경도로 들어가 곳곳의 좁은 골목에 군사를 매복하고 형세를 보아 가며 소식을 보내어 소식을 통하리니, 그대는 쉬 움직이지 말고 다만 만날 때를 기다리라."

평수정ㆍ평의지 두 장수를 불러 말하였다.

"그대들은 각각 일천 군사씩 거느리고 강원도로 들어가 험한 곳을 가리어 두었다가 나의 기별이 있거든 즉시 모이라."

드디어 평조영ㆍ평조신에게 도성을 지키게 하고, 평행장과 함께 각각 일천 군사씩 거느리고 나설 때 경복궁을 불사르고 서북으로 길을 나누어 나아갔다.

이때에 평의지가 강원도로 나아갈 때 장수를 모두 불러 놓고 말했다.

"강원도 삼척 땅에 있는 이지함(호는 토정. 아산 현감을 지냈으며, 서경덕 밑에서 공부함. 뛰어난 재주와 기이한 행동으로 유명하며, 『토정비결』을 썼음)은 가장 신기한 사람이니 만일 그냥 갔다가는 우리에게 해가 미칠 것이니 삼척 근처에는 군사를 놓지 말라."

원래 이 사람은 토정(土亭) 선생이었다. 당초에 평의지가 조선을 탐지하러 왔을 때에 강원도를 다니다가 삼척 땅에 이르러 토정을 만나니 토정이 왜인인 줄 알고 죽이고자 하였다. 그러자 평의지가 땅에 엎드려 말하였다.

"이는 하늘의 뜻이라. 비록 나를 죽이나 무엇이 유익하리오. 처음에 삼척은 침략하지 아니하리라."

하여 삼척은 전쟁의 피해를 입지 않았다.

신각이 억울하게 죽다

이때 좌의정 윤두수(尹斗壽, 선조 때 정치가. 서인의 거두)와 도승지 이항복이 아뢰었다.

"적장 청정과 평행장 등이 대군을 거느리고 말을 몰아 달려 나오니 그 뜻이 평양성을 협박하고자 함이옵니다. 하오니 전하께서는 미리 적을 막을 준비를 하소서."

임금이 즉시 도원수 김명원을 머무르게 허락하고 금의대장 신길로 대장을 삼으시고 유극양으로 부원수를 삼으시고 첩지 중추부사 한응인으로 후응사를 삼으시어 각각 군대를 거느리고 임진강을 지켜 도적을 건너지 못하게 하였다. 세 장군이 명(命)을 받들어 그날 군사를 거느리고 임진을 향하여 나아갔다. 우의정 유홍이 아뢰었다.

"부원수 신각이 도성을 지키다가 이양원의 명을 듣지 아니하고 도망하여 경성이 점령되었으니 그 죄를 용서할 수 없습니다. 선전관을 보내어 그 머리를 베어 다른 사람에게 교훈이 되게 하소서."

임금이 그 말을 따라 선전관을 보내어 신각을 베게 하였다.

부원수 신각은 경성을 떠나 함경도로 들어가 안변 등의 군사를 거두어 도로 도성으로 향하더니 강원도에 이르러 왜군 이유를 만나 힘써 도적의 수급 육십여 개를 베고 어지러이 쳐들어가니 이유가 패하여 달아났다. 신각이 뒤를 따라 화살로 이유를 쏘아 죽이니 남은 군사가 사방으로 흩어졌다.

신각이 싸움에 이겨서 나아가는 글을 써서 평양으로 보내고 군사를 재촉하여 도성으로 향하다가, 도중에서 선전관을 만나니 임금의 뜻을 전하고 신각을 베어 돌아가니 군사들이 통곡하고 각각 흩어졌다. 적기가 우리나라에 들어오면서부터 한 번도 패하지 않더니 신각이 비로소 이겨 모두 기뻐하더니 홀연 신각이 죽었다는 소식을 듣고 슬퍼하지 않는 이가 없었다.

이때에 신각의 승전보가 평양에 도착하니 임금이 크게 기뻐하여 즉시 신각의 죄를 용서하고 사람을 보내어 밤낮으로 가게 하였더니 사신이 도중에서 선전관을 만나 벌써 신각을 죽이고 돌아왔다는 것을 알게 되었다. 어쩔 수 없이 평양에 이르러 그 일을 임금께 전하니 임금이 탄식하고 유홍을 크게 꾸짖었다.

신길이 용감히 싸우다 죽다

이때 도원수 신길이 유극양과 함께 임진 땅을 지키고 있었다. 김명원이 한강에서 도망하여 평양으로 돌아오다가 인하여 임진에 머물러 신길과 더불어 군사 업무를 의논하더니, 홀연 왜군이 쳐들어온다는 소식을 들었다.

신길이 군사를 벌여 진을 치고 배를 서쪽 언덕에 매고 엄히 지켰다. 왜장 평행장이 먼저 이르러 물을 건너고자 하였으나 배가 모두 서쪽 언덕에 있으므로 다만 물을 사이에 두고 조총을 발사하였다. 부원수 유극양이 방패를 끼고 달려들어 적병을 무수히 죽이니 적이 놀라 두어 리를 물러나 진치고 조심하였다. 문득 계교가 떠올라 즉시 군막을 헐고 삼십 리를 물러 진치고 모든 장수와 의논하였다.

"군사를 삼십 리 후퇴시키는 듯이 보여 적군을 유인하고 그대들은 각각 군사를 거느리고 좌우 산과 골짜기에 숨어 있다가 적군이 우세하여 물을 건너 또 오거든 일시에 내달아 그 뒤를 끊고 내 문득 정면으로 치면 우리가 이길 수 있을 것이오."

모든 장수들이 그 말에 따라 각각 준비하였다.

이때 신길이 김명원과 의논하였다.

"적이 오래 머물러 군량이 모자라 물러갔으니 만일 밤을 타 가만히 물을 건너 그 뒤를 습격하면 반드시 공을 이룰 것이오."

유극양이 말하였다.

"왜군이 본디 간사한 꾀가 많소. 이제 따르면 행여 간계를 가질까 두려

41
• • •

우니 모름지기 굳게 지킴이 양책일 것이오."

신길이 꾸짖어 말하였다.

"네 어찌 어지러운 말을 내어 군심을 태만하게 하는가. 만일 다시 영을 어기는 자 있으면 당장 베리라."

유극양이 감히 다시 말하지 못하고 다만 활 쏘는 군사를 이끌고 신길의 뒤를 따라 물을 건넜다.

이때 신길이 김명원과 한응인에게 본진을 지키게 하고 스스로 군사를 거느리고 이 밤에 가만히 물을 건너가니 적병이 간 데 없었다. 마음에 가장 기뻐 군사를 거느리고 삼십 리를 가는데, 홀연 화포 소리 나며 불빛이 하늘에 가득한 가운데 청정이 평행장과 함께 각각 군대를 이끌고 쳐들어와서 우리 군사를 무자비하게 죽이니 신길이 놀라 급히 군사를 돌이켜 임진 물가에 이르렀다. 원래 평행장이 거짓 군사를 물리는 체하고 가만히 일군을 거느리고 뒤에 숨어 있다가 우리 군이 멀리 물러가자 급히 군사를 몰아 강변에 이르러 신길이 타고 온 배를 빼앗아 타고 물 건너 신길의 진을 공격하니, 김명원이 한응인과 함께 죽도록 싸웠으나 군사가 다 죽자 겨우 목숨만 구해 평양으로 도망하였다.

이때 신길이 강변에 이르렀으나 배 한 척 없었다. 당황해하는데 적의 복병(伏兵, 적이 쳐들어오기를 숨어 기다렸다가 갑자기 습격하는 군사)이 위아래에서 강변으로 쫓아와 치니 청정 · 평행장 등의 대군이 함께 협공해 와서 아군이 왜인의 창에도 다치고 서로 짓밟아 죽으며 물에도 빠져 죽는 자가 많았다.

신길이 평생 있는 힘을 다하여 좌충우돌하여 적군을 헤치다가 마침내 왜군의 탄환을 맞아 죽었다. 부원수 유극양이 뒤를 좇아 힘껏 싸웠으나 신길이 죽고, 적군이 이기는 것을 보고 하늘을 우러러 탄식하였다.

"대장이 일찍 나의 말을 듣지 않고 이렇듯 패하여 죽었으니 누구를 탓하리오."

드디어 말을 버리고 언덕에 올라가 왜군을 쏘아 죽였다. 그러나 더 이상 쏠 화살이 없게 되고 도적이 물밀듯 쳐들어오니 극양이 탄식하기를,

"내 어찌 차마 도적의 욕을 보리."

하고 스스로 목을 찔러 죽었다.

평행장 등이 또한 임진을 건너 동파를 지나 한성역에 이르러 군사를 나누어 두 길로 나아갈 때, 청정은 일군을 거느리고 북도로 향하고 평행장은 평양을 향하였다.

이때 함성, 북과 나팔 소리가 산을 움직이고 깃발과 창검이 하늘을 가렸다. 평행장 등이 행하여 송도 · 금천 · 평산 · 서흥 · 봉산 · 황주를 지나 중화 고을에 이르러는 평양이 멀지 않았다. 체찰사 유성룡이 백단 만호 임도정으로 하여금 대동강에 있는 배를 다 잡아 언덕에 매고 군사를 내어 성을 지키게 할 때, 왜군이 만일 물가에 이르면 중군이 일시에 쏘니 적이 감히 나오지 못하였다.

한극함이 왜군에 패하다

청정이 대군을 지휘하여 함경도로 향하던 중, 동파역에 다다르니 산곡에서 두어 사람이 나오다가 왜군을 보고 급히 달아났다. 청정이 군사

로 하여금 그 사람을 잡아다가 달래어 말하였다.

"네 만일 바다로 가는 길을 알려 준다면 마땅히 큰 상을 내리리라."

그 사람이 겁이 나서 길을 인도하니 청정이 대군을 몰아 산골짜기 속으로 토산을 지나 오릿고개를 넘어 안변 · 덕원으로 향할 때, 낮이면 사람을 문득 만나 해치니, 고을의 수령들이 서둘러 도망하였다.

청정이 드디어 함흥을 향하더니 북병사 한극함이 청정의 대군이 이름을 보고 황망히 경흥 · 경원 · 회령 · 종성 · 온성 · 부령의 육진 군사를 모아 해정창으로 나아갔다. 거기서 청정의 대군을 만나 양군이 진을 치니 극함이 먼저 보군(步軍, 육군 또는 보병을 말함)으로 하여금 각각 방패를 끼고 왜군을 향하여 일시에 쏘니 적병이 대적하지 못하여 뒤로 잠깐 물러갔다.

극함이 마군(馬軍, 기병)을 놓아 쳐들어가니 북도의 마병이 본디 말에 익숙할 뿐 아니라 또한 용맹하였다. 일시에 말을 달려 적진과 충돌하여 왜군을 많이 죽이니 청정이 크게 패하여 군사를 태반이나 죽이고 달아났다.

극함이 군사를 몰아 뒤를 따르더니 청정이 달아나다가 산골짜기에 들어가 진을 치고 지켰지만 극함이 산세 험준함을 보고 군사를 물려 너른 들에 진을 치고 군사를 쉬게 하였다.

이때 왜장 경감로가 군사를 거느리고 북도에 들어가 길주 · 명천 등지를 점령하고, 장차 함흥으로 나아가더니 청정이 위태롭다는 소식을 듣고 군사를 몰아 청정을 도우러 앞뒤에서 공격하기로 언약하였다. 그러자 청정이 크게 기뻐하여 이날 밤에 군사를 내어 아군의 앞진을 치고 경감로도 그 뒤를 공격하니 북군이 비록 용맹하나 전후로 대적치 못하여 몇 명이 도망하였다.

극함이 패잔군을 거느리고 철령에 올라 잠깐 쉬는데, 이 밤에 적이 가만히 고개 위에 불을 놓고 쳐 올라오니, 북군이 창령 싸움에 이미 지친 뒤였다. 극함이 나와 불을 무릅쓰고 힘써 싸웠다. 남쪽에는 불이 없으므로 그곳을 향하여 들어가니 적이 뒤를 따라 크게 공격해 오는데 우리 군사가 죽어 나가는 수를 헤아릴 수 없었다.

군사가 다 죽자 극함이 필마(匹馬, 데리고 가는 사람 없이 혼자서 말을 타고 감)로 함흥으로 달아났는데, 청정이 군사를 몰아 남병영에 이르니 병사 이욱이 크게 놀라 갑산으로 달아났다. 청정이 드디어 군사를 나누어 여러 고을을 점령하였는데 그 기세가 태산 같았다.

국경인과 주남인이 배신하다

이때 세자(世子)와 대군(大君)이 함흥에 있었는데(당시 세자는 광해군이었으나 여기서는 근왕병을 모집하러 함경도로 갔던 임해군과 순화군을 가리킴), 경성 장교 국경인이라는 놈이 짐작할 수 없이 도리에 벗어난 짓을 하며 몹쓸 흉계를 품고 저와 뜻이 같은 동료 십여 명과 의논하였다.

"이제 조선이 거의 일본이 되어 회복할 수 없이 이미 국가의 수명이 다하였네. 어찌 서산의 지는 해를 기다리겠는가. 동쪽 고개의 새 달을 따르면 좋지 않겠는가. 우리가 이제 대군과 한극성을 사로잡아 왜진에 투항하면 반드시 큰 상을 받을 걸세."

그리고 세자 대군 거처에 들어가 거짓으로 매우 급한 듯이 여쭈었다.

"적장 청정의 대군이 벌써 성 아래에 이르렀다고 하니 급히 산속으로 들어가 피신하는 것이 좋겠습니다."

세자 대군이 크게 놀라 즉시 중신 김귀영, 황정욱과 감사 유영립 등이 함께 일시에 성문을 내달아 급히 달아날 때, 이미 날이 어두웠다. 국경인이 길을 짐짓 인도하여 못 가운데 빠지게 하니, 매복하였던 동료들이 일시에 내달아 결박하여 말에 싣고 북영으로 들어가 청정에게 바치니 청정이 크게 기뻐하여 국경인에게 벼슬을 주고 그 동료들에게 큰 상을 내렸다.

한편 남병사 이영이 왜군이 온다는 소리를 듣고 갑산 고을에 가 있었다. 이때 갑산 좌수 주이남은 국경인이 왜군을 도와 벼슬했다는 소식을 듣고 혼자 생각하였다.

'이런 때 가난한 집안에서 큰 인물이 난다는데, 다시 어느 때를 기다리겠는가.'

하고 밤 들기를 기다려 칼을 감추고 이영이 지내는 곳에 들어가 보니, 이영의 종자가 다 깊이 잠들었다. 칼을 뽑아 이영의 머리를 베어 북영에 들어가 청정에게 바치니, 청정이 기뻐하여 즉시 이남을 길주 부사로 임명하고 물었다.

"국경인이 잡아 온 사람 가운데 너와 친한 사람이 있느냐?"

이남이 감사 유영립의 맨 것을 끄르며 말하였다.

"이 사람이 예전에 죽을 뻔했을 때 제 목숨을 살려낸 사람이니 구하여 은혜를 갚고자 합니다."

청정이 즉시 놓아 보내니 유영립이 목숨을 겨우 보전하여 평양으로 돌아왔다.

이일이 만경대를 지키다

한편 경상도 순찰사 이일이 충청도를 따라 강원도로 들어가니 성안이 비었고 각 읍을 두루 돌아 사람을 모으려 하니 한결같이 비어 있었다. 이어 북도로 들어가니 청정의 군사 함경 일도에 가득하여 빈 곳 없이 진을 쳤다.

진실로 갈 곳이 없으니 어쩔 수 없이 갑산으로 따라 들어가 평안도로 넘어 양덕·명산을 지나 평명에 이르렀다. 이때 이일은 의복이 형편없었다. 머리에 해진 전립을 쓰고 발에는 짚신을 신고 손에는 다만 한 자루 장검을 쥐었다. 임금이 그를 보고 이것저것 묻고 한탄하였다. 백관은 모두 안타까울 뿐이었다.

좌의정 윤두수가 말하였다.

"그대 수백 군사를 거느리고 나아가 영구대 아래 여울(물살 빠른 곳)을 굳게 지키라."

이일이 즉시 군사를 거느리고 영구대를 찾아가더니 길을 잃고 강서로 향하다가 평양 좌수 김윤을 만나 길을 물으니 만경대를 가리켰다. 이일이 여울 속을 찾아가니 왜장 평수맹이 군사를 거느리고 여울을 건너고자 하였다. 이일이 강변에 진을 치고 군사들에게 일시에 화살을 쏘게 하였으나 군사들이 겁내어 쏘지 못하였다. 이일이 또한 활을 잡아 쏘니 왜군이 많이 죽었다. 평수맹이 저항하지 못하여 즉시 물러가고 이일이 그곳을 굳게 지켰다.

임금이 위기를 면하다

이때 평행장이 평양 근처 장림 땅 어귀에 진을 치고 봉산·황주·정방산성 창고의 곡식을 밤낮으로 운반하여 군량을 삼고, 또 사람을 도성에 보내어 군사를 청하였다. 전령이 이 일을 알고 즉시 평양에 들어가 보고하는데, 유성룡이 임금께 알렸다.

"적장 평행장이 군사를 장림에 주둔시키고 또 사람을 경성에 보내어 군사를 청하려 하오니 반드시 이 성을 위협하려 하는 것입니다. 이제 잠깐 의주로 들어가서 그 위기를 피하시고 사신을 중국에 보내어 황제께 주문하고, 구원병을 청하여 왜군을 물리게 하소서."

임금이 그 말을 옳게 여기어 즉시 좌의정 윤두수와 김명원, 이원익에게 평양성을 지키게 하고, 말에 올라 보통문을 나설 때, 판부사 노직이 왕비를 모시고 어가를 따라가니 성안이 소란하며 백성들이 노직을 꾸짖었다.

"네 힘을 다하여 나라를 도와 이 성을 지키지 않고 이제 우리를 버리고 임금을 모시고 어느 곳으로 가려 하는가?"

하고 막대로 어지러이 치니 노직이 말에서 떨어져 크게 다쳤으나 종자가 이를 막지 못하였다. 평안 감사 송언신이 군사를 호령하여 당장 주동자를 잡아들이라 하니 모든 백성들이 비로소 흩어졌다.

신하들이 노직을 구하여 데리고 급히 떠날 때 어가가 박천에 이르러 청천강을 건너더니 홀연 바람이 불고 큰비가 퍼붓듯이 왔다. 길에 물이 가득하여 물살이 급하였다. 다리가 무너져 건너지 못하니 호송군이 어가를 모시고 물을 건너다가 군사 가운데 물에 빠져 죽는 자가 오륙십 명이나 되고 임금을 모시는 신하들 또한 물에 빠졌다.

임금이 위급한데 홀연 한 사람이 군사를 헤치고 급히 나와 물속을 평지같이 걸어 들어가 임금을 구하여 서쪽 언덕 위에 모시고 군복을 벗어 버리고 다리에 뛰어올라 한 옆에 사람 두셋씩을 끼고 세 칸이나 무너진 다리를 건너다 놓으니 임금이 용맹을 기특히 여기시고 그 사람을 불러 사는 곳과 성명을 물었다.

"소인은 본디 황해도 재령에 사는데, 성명은 최운측입니다."

임금이 가장 기특하게 여겨 박천 군수로 임명하고 그 후에 용천 부사로 높였다가 화순군으로 봉하였다. 임금이 박천 고을에 들어가 잠깐 쉬더니 홀연 함경 감사 유영립이 찾아와 알현하기를 마치니 임금이 함흥이 점령되었는지를 물었다. 영립이 조아리며 말하였다.

"장교 국경인 등이 흉계를 내어 세자 대군과 배행(陪行, 윗사람을 모시고 따라감)하던 김대영·황정욱 등을 속여 '적이 위급하였으니 빨리 산속으로 피신하소서' 하여 김대영 등이 급히 세자 대군을 모셔 성문을 나가더니 국경인 등의 복병이 내달아 세자 대군과 신 등을 결박하여 청정에게 바치고 투항하였습니다. 완전히 죽을 것이라 생각하였는데 갑산 좌수 주이남이 또 남병사 이영의 머리를 베어 청정에게 바치고 공을 청해 신을 구하여 놓으니 도망하여 왔습니다. 길에서 듣자오니 청정이 부하 장

수들로 하여금 세자를 거느리고 제 나라로 가라 하니 어찌 슬프지 않겠
습니까?"

임금이 이 말을 듣고 슬퍼하였다.

조선이 명나라에 도움을 요청하다

이때 평행장이 진을 옮겨 대동강 남쪽에 한 일(一) 자 모양으로 길게 치
니 좌의정 윤두수가 모든 장수를 모으고 의논하였다.

"도적이 가까이 와 결전함은 위엄을 보이려 함이니 각별히 굳게 지키
리라."

드디어 송언신으로 하여금 대동강 문을 지키게 하고, 자산 부사 윤수
홍으로 장경문을 지키게 하고, 병사 이윤덕으로 하여금 부벽루 아래 여
울을 지키게 하고, 이일에게 보통문을 지키게 하였다. 각각 긴 창 큰 칼
을 두르고 북을 울리며 방포하기를 자주 하니 왜적이 감히 가까이 나오
지 못하고 멀리 모래밭에 모여 조총을 끼고 언덕을 쌓고 방포를 놓아 혹
대동문도 맞히며 혹 연광정 기둥도 맞히니 대개 그 재주를 자랑하려는
것이었다. 왜적 두엇이 모래밭 위에서 군복을 벗고 볼기를 두드리며 대
동문을 향하여 욕하거늘 감사 송언신, 병사 혁이 방패를 끼고 대동문 기
둥을 의지하여 편전(片箭, 총통에 넣어서 쏘는, 하나로 된 화살)으로 그 왜인의
볼기짝을 맞혀 거꾸러뜨리니, 왜적이 크게 노하여 이후로 편전의 화살
이 무섭다 하고 임의로 다니지 못하였다.

평행장이 감히 성을 치지 못하고 또 이십여 일을 꼼짝 않고 들어앉아

나오지 않다가 여러 장수들과 의논하였다.

"배가 없어 대동강을 건너기 어렵고 곳곳의 좁은 골목을 지키니 쉽게 해결하기 어렵다. 군사를 돌려 순안을 지나 양덕 매산으로부터 압록강에 이르러 마다시·심안둔이 오는 기회를 잊지 않는 것이 상책이다."

이때 김명원이 계교 하나를 생각하고 즉시 말하였다.

"이제 적병이 오래 이르지 아니함은 구원병을 기다리는 것이라. 만일 밤을 타 가만히 건너가 급히 치면 반드시 공을 이룰 것이오."

드디어 중산 첨사 고언백과 백단 만호 이성을 불러 적진을 공격하라 하였다. 두 사람이 명을 내리고 군사를 헤아려 이 밤에 배를 타고 가만히 문을 건너가 적진 앞에 가 보니 곳곳에 왜졸이 바야흐로 잔다는 것을 익히 들었다. 언백 등이 중군을 지휘하여 일시에 쳐들어가니 적이 불의의 변을 만났다. 어찌 능히 대적하겠는가. 황망히 사면으로 흩어져 달아나니 언백이 군사를 모두 죽이고 군마 백여 필을 빼앗아 돌아오고자 하였다.

그런데 홀연 뒤쪽으로 따라와 대포 소리에 불꽃이 요란하며 이십여 주둔군이 일시에 내달아 쳐들어오니 우리 군사가 크게 패하고 목숨만 간신히 구해 달아났다. 언백과 이성 등이 평생 힘을 다하여 싸웠다. 그러나 군사가 대부분 죽고 남은 군사라고는 이십여 명밖에 되지 않았다. 서로 다투다시피하여 황석탄 여울로 건너오니 왜군이 그제야 황석탄 여울이 얕은 줄 알고 깃발을 숙이고 북을 울리며 대군을 몰아 여울을 건너왔다.

윤두수와 김명원 등이 막을 형세 없어 급히 보통문을 열고 순안으로 달아났다. 평행장이 군마를 재촉하여 개미떼같이 평양성에 들어와 자리 잡고 백성을 함부로 해쳤다.

중군 최원이 말을 달려 박천에 이르러 평양성이 점령된 것을 알리니 임금이 듣고 크게 놀랐다. 즉시 박천을 떠나 가산에 이르니 가산 군수 임신겸이 나와 맞아 호송하며 아뢰었다.

"본읍에 관청 쌀 백 석이 있으니, 아직 이곳에 머무르심이 좋을 듯합니다."

임금이 잠깐 쉬려고 하는데 전령이 급히 와 알렸다.

"적이 박천을 지나 가산에 들어섰습니다."

임금이 즉시 가산을 떠나 정주로 향할 때 효절령에 올라 보니 적의 선봉이 가산에 가득하였다. 임신겸이 죽도록 싸웠으나 창고의 곡식을 다 잃고 목숨을 겨우 보전하여 도망하였다. 본군 아전 백학 등이 음식을 차려 드리니 임금이 먹고 이튿날 선천을 지나 의주에 들어갔으나 임금이 날마다 통군정(統軍亭, 의주 압록강 근처에 있는 정자. 고려 때 중국과 싸우며 군사를 지휘하던 곳)에 올라 경성을 향해 통곡하였다.

"선왕의 이백 년 기업과 조선 팔도 삼백여 군을 다 왜놈의 손에 넣어 주고 덕 없는 외로운 몸이 어디로 가리오."

이렇듯 통곡하니 다른 시신(侍臣, 임금을 가까이에서 모시던 신하)이 모두 울었다. 임금이 신하들과 의논하고 봉황성(鳳凰城, 중국 요동에 있던 성. 여기엔 봉성장군이 있어 우리나라 사신의 출입과 연락 사무를 맡아 보았음) 장수에게 문서를 보내니 그 글이 이러하였다.

조선 국왕은 삼가 간단한 글로 발 아래에 부치나니 과인의 나라가 운수 불행하여 남만(南蠻, 남쪽 오랑캐란 뜻)의 화를 만나 수많은 신하와 백성을 왜놈이 죽이고 골육이 달아나 숨으며 덕 없는 몸이 외로운 변방에 이르러 의주성에 의탁하였으니 또한 장구지책(長久之策, 일이 오래 계속되기를 꾀하는 계획)이 아니라. 다만 내가 바라는 것은 남은 신민을 거느리고 중국에 들어가기를 원하나니 이 뜻을 감히 황제께 전해지기 바라나이다.

　봉황성장 번양성이 글을 보고 요동부에 알리니 부사 어합걸이 황성 병부 상서에게 의논하였다. 병부 상서가 이를 보고 즉시 천자에게 전하였다.

　유성룡과 이항복이 아뢰었다.

　"봉황성에 문서를 보냈으니 바로 청병사를 보내어 구원을 청함이 옳을까 합니다."

　임금이 옳게 여기어 이조판서 신점을 정사로, 병조판서 정탁을 부사로 삼아 보내시니 두 신하가 하직하고 즉시 압록강을 건너 연경을 지나 명나라 천자가 있는 조정에 들어가 예부 상서 설번을 보고 청병서를 전하니, 예부 상서가 그 글을 보고 가지고 들어가 천자에게 전하였다. 황제가 옥화관에 앉아 조선 사신을 만나 적의 형세를 묻고 신점 등이 모든 사실을 알리고 구원을 청하니 보는 자 슬퍼하지 않을 수 없었다.

　황제가 모든 신하들을 모으고 조선을 구원하고자 할 때 대장 한 사람을 못 얻어 하니 병부 상서가 아뢰었다.

　"요동이 조선과 이어져 있으니 요동 군마를 일으켜 조선을 구함이 마땅할까 하나이다."

황제가 그 말을 옳게 여겨 즉시 요동부에 조정의 명령을 내려 조선을 구하라 하고 참정 곽몽징에게 보군 삼천을 거느리고 가고, 대조변에게 는 용병을 거느리고 가고, 유격장군 사유에게는 창군(槍軍, 창을 주된 무기로 삼던 군사) 일만 오천을 거느리게 하여 함께 요동 도독 조승훈을 도와 왜군을 치라 하고, 또 예부 상서 설번에게는 촉단 오백 필과 은자 일만 냥을 주어 조선 왕을 위로하라 하였다.

명나라 군사가 조선에 오다

이때는 임진년 칠월이었다. 사유 등이 요동에 이르러 조승훈을 보고 조정의 명령을 전하였다. 승훈이 즉시 정병 오천을 내어 사유 등과 함께 조선으로 향할 때 군율이 정돈되어 가지런하고 깃발이 선명하였다. 천병(天兵, 천자의 군사를 제후의 나라에서 일컫는 말. 여기서는 명나라 군사) 나오는 패문(牌文, 중국에서 조선에 칙사를 파견할 때 사전에 보내던 통지문)이 의주에 이르니 체찰사 유성룡이 청주 곽산 등에서 전전하여 군사를 모으며 군량을 준비하여 천병을 접대할 때 선사개 첨사 장우성으로 하여금 대동강에 부교(浮橋), 배나 뗏목 따위를 잇대어 매고 그 위에 널빤지를 깔아서 만든 다리)를 놓고 노량 첨사 민교로 하여금 청천강에 부교를 놓아 천병을 건너게 하고, 순찰사 이원익으로 하여금 병사 이빈을 거느리고 순안을 지키게 하고, 도원수 김명원으로 순천을 지키고 스스로 대장을 모아 안주를 지키게 하여 천병을 후대하였다.

이때 요동 도독 조승훈과 참정 곽몽진과 유격장군 사유 등이 대군을 거느리고 압록강을 건너 의주에 이르니 임금이 신하를 거느리고 강변에 나와 맞아 들어가 대접하고 군마를 선물로 내리고 명나라 장수 조승훈에게 말하였다.

"대장군은 힘을 다하여 왜군을 쳐부수고 대국의 위엄을 나타내도록 하시오."

조승훈이 응낙하고 의주를 떠나 정주를 지나 순안으로 들어가 삼경(三更, 밤 11시~새벽 1시)에 군사들에게 밥을 먹이고 오경(五更, 새벽 3시~5시)에 행군하여 바로 평양으로 들어왔다. 불행하여 모진 바람과 큰비 급하니 성문에 지키는 군사가 없었다. 승훈이 크게 기뻐하였다.

"도적이 우리 오는 줄을 알고 대적할 형세 없이 싸울 뜻을 보이지 않으니 이제 급히 치면 큰일을 이룰 수 있겠구나."

사유로 선봉을 삼고 일시에 대군을 몰아 나아가며 대연고를 놓아 칠성문을 깨부수고 바로 성에 들어가니 동정이 없었다. 문득 방포 소리 나며 좌우 전후로 복병이 일어나며 어지러이 고함치며 에워싸고 쳐들어오니 방포 소리 산천이 움직이며 탄환이 비 오듯 하였다.

이렇게 천병이 뜻밖의 변을 만나니, 급하여 서로 짓밟혀 죽으며 탄환에 부상당한 자가 많았다. 승훈이 크게 놀라 급히 징을 쳐 군사를 물렸으나 사유 등이 철환을 맞아 죽었다. 진중이 요란하여 패하고 달아날 때 큰비 계속 삼 일을 오니 천병의 의상이 다 젖어 추위를 견디지 못하고 후군이 전군이 되어 급히 달아나다가 진흙에 빠지며 철환도 맞아 크게 어지러웠다.

조승훈이 크게 패하여 멀리 퇴진하니 왜군이 천병이 패하여 물러감을 보고 성상에 홍기 백기를 세우고 북을 울리며 기를 두르니 쟁북 소리 천지를 뒤흔들었다. 조승훈이 군사를 점고(點考, 명부에 일일이 점을 찍어 가며 사람의 수를 조사함)하니 팔만여 명이 죽고 장수 삼십여 명이 죽었다. 승훈이 마음에 원통함을 품고 즉시 군사를 거두어 요동으로 돌아갔다.

한명현이 승리를 거두다

이때에 임금이 조승훈이 패하였다는 소식을 듣고 놀라 얼굴빛이 변하였다. 그러고는 자세히 살피라 하니 조승훈이 패잔군을 거느리고 요동으로 들어간다 하였다.

임금이 어안이 벙벙하여 어찌할 줄 모르다가 이원익으로 일천 군사를 거느리고 수안에 진을 치게 하고 김익수는 수군 삼천을 거느리고 대동강 하류를 지키게 하였다. 처음에 평안도가 무너지니 윤두수, 김명원은 수안으로 달아나고 이일은 용강을 지나 청천강을 건너 안악 고을로 들어가니 읍 안이 텅텅 비어 있었다. 가까스로 피난군 백여 명을 모아 거느리고 영등절에 들어가니 중 오십여 명이 있었다. 이일이 그들을 향해 갑자기 칼을 빼어 들고 호령하였다.

"너희 비록 중이나 이런 난리를 당하여 어찌 평안히 이 산속에 있겠는가. 만일 내 영을 거역하면 즉시 베리라."
하고 몰아내니 모든 중이 복종하였다.

승군 오십여 명을 데리고 함께 구월산성에 들어가 무기를 내어 가지고 나아가다 길에서 연박경을 만나니, 한 사람을 천거하였다.

"글에 뜻이 있는 사람으로, 성은 한이요 명은 명현이오. 용맹이 뛰어나며 지략이 견줄 자가 없소. 일찍 왜선 수백 척이 결성에 이르렀으나 막을 장수가 없었소. 명현이 말하기를, '수백 군사를 얻어 소노로 좇아 나아가 치면 반드시 적군을 쳐부수리라' 하여 즉시 백여 명을 주니 명현이 군사를 거느리고 나가 과연 왜군을 쳐부수고 적병 백여 명을 베고 왔소. 내가 장하게 여겨 마병장을 시키자 평안도로 가려 하는 것을 내가 내 지휘 아래 머물러 있게 했나니, 이 사람을 불러 큰일을 의논하시오."

이일이 즉시 명현을 불러보고 크게 기뻐하여 시절 일을 의논하니 대답이 물과 같이 막힘이 없고 뜻이 분명하며 도량이 넓어 당할 자 없었다. 이일이 크게 기뻐하여 데리고 해주를 떠나 평양을 향하여 갔다. 홍수원에 이르니 왜군 백여 명이 한 곳에 모여 있었다. 이일이 군사를 잠깐 물려 산골짜기에 머무르게 하고 명현을 불렀다.

"너는 마땅히 지혜와 용기를 시험하여 도적을 치라."

명현이 말하였다.

"이는 쥐나 개처럼 가만히 물건을 훔치는 좀도둑질이라, 어찌 이런 일을 하겠소. 제게 백 명의 군사를 주시면 도적을 무찌르리라."

이일이 즉시 백 명의 군사를 주니 명현이 말하였다.

"장군은 다만 군사를 거느리고 산골짜기에 머물러 있다가 밤에는 불을 들어 응하고 낮에는 쟁북을 울려 왜군으로 하여금 마음을 놓지 못하게 하소서."

명현이 뇌자산에 들어가 군사를 데리고 홍수원에 돌아와 십 리를 물려 진을 치고 군사들에게 다 왜인의 복장을 하게 하고 호드기(버드나무 껍질이나 밀짚 토막으로 만든 피리)를 만들어 각각 하나씩 주면서 말하였다.

"오늘 밤 자정에 적진을 무찌를 것이니 그대들은 오직 내 깃발을 보아가며 적진에 들어가 치되 호드기 없는 군사는 다 죽여라."

약속하고 밤이 되기를 기다렸다. 이때 왜군 백여 명이 또 남으로부터 홍수원에 들어와 진을 합하였다. 이일이 급히 명현에게 기별하였다.

> 도적이 침략하여 그 기세가 매우 대단하니 우리 모두 그 중대함을 잊지 말고 실수 없이 하라.

명현이 글로써 회답하였다.

> 적병이 삼만이라도 대단한 것이 아니니 장군은 근심하지 말고 다만 내 하는 대로 뒤를 좇아 협력하소서.

하고 이 밤에 군사에게 다 하무(옛날 군중에서 군사들이 떠드는 것을 막기 위해 입에 물리던 가는 나무 막대기)를 물리고 바로 적진을 향하여 들어가니 적들이 바야흐로 잠이 들어 있었다.

명현이 군사를 재촉하여 일시에 고함치고 어지러이 쳐들어가니 왜군이 어두운 밤에 동서를 분별치 못하고 달아났다. 명현의 군사는 기세가 등등하여 일본군을 물리쳤다.

새벽에 이르러 명현과 함께 남은 적병을 무찌르고 크게 기뻐하여 승전고를 울리며 행진하였다. 이 사실을 즉시 조정에 알리니 임금이 한명현을 자산 부사로 명하였다. 이때는 임진년 가을 팔월이었다.

이원익이 종일의 목을 베다

하루는 이원익이 김응서와 함께 여러 장수들을 모아 놓고 적군의 형편을 살펴 적을 무찌를 계교를 의논하였다.

"내가 적의 세력을 보니 장수가 다 교만하고 군사들은 방심하여 우리를 업신여겨 매우 태만하니 이때 성을 급히 치면 도적이 패하여 내성으로 들어가리니 모든 장수들은 각각 군사를 모아 마음과 힘을 다하여 영을 어기지 말라."

이렇게 하여 이원익이 선봉이 되어 북과 나팔을 울리며 성문을 향하여 나아가니, 적장 평행장이 조선 군사가 성문 가까이에 옴을 보고 즉시 부하 장수 종일을 불러 대적하라 하였다.

종일이 갑옷과 투구를 갖추고 삼지창을 들고 백 명의 군사를 거느리고 행군하니 위풍이 늠름하였다. 이일이 종일과 맞서 이십여 합에 이르렀을 때, 이일이 온 힘을 다하였으나 팔이 무겁고 정신이 아찔하니 그의 적수가 아님을 알고 말을 돌려 되돌아와 자송원에 진을 쳤다.

종일이 따르다가 이일을 놓치자 이원익을 급히 치니 군사가 모두 죽고 원익이 거의 잡히게 되었다. 이때 문득 한 도사가 나타나 공중에 서서 소매에서 복성화채(복숭아채를 잘못 쓴 것. 복숭아나무 막대기)를 내어 적진을 향하여 뿌리니 왜군이 손과 발을 놀리지 못하고 정신이 혼미하여 발이 땅에 붙고 떨어지지 아니하였다. 이로 인해 왜군이 수없이 죽자 나머지 왜군이 급히 성안으로 들어가 나오지 아니하였다.

　원익이 할 수 없이 군사를 거두어 진에 돌아와 장수들에게 말하였다.

　"종일은 천하 명장이라, 조선에는 대적할 장수 없으니 부디 용맹한 사람을 얻어 종일을 죽여야 적군의 세찬 기세를 꺾으리라."

　한 군사가 앞에 나와 말하였다.

　"제 동네에 한 양반이 있는데 성명은 김응서이며 용맹이 뛰어납니다. 하루는 큰 호랑이가 담을 넘어 돼지를 물고 가는데, 그 양반이 몸을 공중에 솟구쳐 한 손으로 그 호랑이를 잡고 또한 손으로 그 발을 잡아 땅에 부딪쳐 죽이니, 호걸이라 할 수 있습니다. 찾아가 의논하는 것이 어떠하시겠습니까?"

　원익이 이 말을 듣고 기뻐 물었다.

　"그는 어디에 사느냐?"

　그 군사가 대답하였다.

　"용강에 삽니다."

　원익이 즉시 말을 달려 용강에 이르러 김응서를 찾아보고 그에게 종일이 용맹하니 어떻게 하면 없앨 수 있는지를 의논하며 바삐 가서 도와주기를 청하였다. 그러자 응서가 말하였다.

　"일의 형편이 비록 그러하나 지금 부친상을 당해 초상 중이니 이곳을 떠나기 어렵습니다."

　원익이 말하였다.

　"비록 부친상 중이라 하나 나라가 위태하오. 임금께서 종사를 버리고 의주성에 몸을 감추어 밤낮으로 통곡하시는데, 어찌 개인 사정만을 생각하는가? 당당히 나라를 받들고 도적을 물리쳐 큰 공을 세운 후 상(喪)을 다시 지내는 것이 좋지 않겠는가?'

다만 가기를 재촉하니 응서가 어쩔 수 없이 즉시 상복을 벗고 영구(靈柩, 시체를 넣은 관)에 하직 인사를 한 후 원익을 따라 진중에 이르니 모든 군사들이 기뻐하였다.

원익이 응서와 함께 밥 먹으며 쇠고기 닷 근과 황소주 한 말을 하루 네 끼 먹으며, 청룡검을 주어 하루 연습하여 십 일을 기약하더니, 응서가 원익을 대하여 계교를 말해 주었다.

"소장이 오늘 밤에 성을 넘어 들어가 종일의 목을 베어 오리니 장군은 모름지기 성 밖에 있다가 급한 일이 있거든 구하소서."

하고 청포검을 짚고 성을 뛰어넘어 들어가니, 성안이 고요하여 순라(巡邏, 도둑과 화재 등을 경계하기 위해 도성 안을 순행하던 군사)하는 군사는 군막을 의지하여 잤다. 응서가 자취 없이 군막을 지나 관문에 다다르니 문을 지키는 군사가 큰 칼을 좌우에 세우고 다만 네댓 명이 깊이 잠들어 있었다. 응서가 청포검을 들어 일시에 다 베고 문을 넘어 들어가니 이때는 삼경이었다. 관중에 등불이 비치고 호위하였던 군사가 다 물러가 잠들고 인적이 고요한데, 응서가 칼을 들고 주저할 즈음에 마침 수청하던 기생이 볼일 보러 나왔다가 응서를 보고 크게 놀랐다.

"그대는 어떤 사람인데 이런 위태로운 땅에 들어왔는가?"

응서가 말하였다.

"나는 본디 원익의 부장이다. 이제 적장을 죽이고 평양을 회복하고자 한다. 너 또한 조선 사람이니 나를 위해 왜장의 동정을 자세히 말하라."

기생(『흑룡일기』 등의 이본에는 이름이 '계월향(桂月香)'으로 밝혀져 있음)이 말하였다.

"왜장의 성명은 종일입니다. 관중에 거처하나 사방에 휘장을 드리우고 있고, 그 귀마다 방울을 달고 방울이 조금 요동하면 소리 요란하여 뜻하지 않은 변을 막는답니다. 하루에 두 말 밥과 두 말 술과 스무 근 고기를 능히 먹으며 높은 베개에 누워 자는데, 자정 전에는 귀로 자고 눈으로 보며, 자정 후에는 눈으로 자고 귀로 들으며, 사경 이후에는 귀와 눈이 함께 자오니 장군은 모름지기 자세히 살펴서 대사를 그르치지 마소서. 만일 소홀함이 조금이라도 있으면 큰 화를 만나리니 첩이 먼저 들어가 그가 깊이 잠들기를 기다려 방울 귀를 솜으로 막은 후 문을 열고 나올 테니 그때 장군이 들어가 죽이시고 급히 몸을 피하소서."

하고 몸을 돌려 들어가더니 오래도록 나오지 아니하였다. 응서가 칼을 짚고 주저할 즈음에 그 기생이 나와 말하였다.

"급히 들어가 목을 베시오."

응서가 칼을 들고 바로 당중에 들어가니 종일이 술에 취하여 장창과 보검을 가로 쥐고 누워 코를 우레같이 골며 자고 있었다. 응서는 급히 뛰어들어가 칼을 들어 종일의 머리를 한 번 힘껏 베고 몸을 날려 들보 위에 올라앉으니 종일의 머리는 간 데 없었다. 그런데도 종일이 분한 마음을 못 이겨 일어서며 청룡검으로 들보를 치는 것이었다.

응서의 군복 자락이 칼을 맞고 찢어져 내려지고, 종일의 머리와 몸이 침대 아래에 거꾸러지며 피 흘러 그곳에 가득하였다. 응서가 급히 뛰어내려 종일의 머리를 손에 들고 장막을 걷고 나오려니 그 기생이 울며 아뢰었다.

"장군이 어찌 소인을 사지(死地)에 두고 가시려 하십니까?"

하며 따라 나오니 응서가 안타까이 여기며 차마 보지 못하고 함께 나왔다. 그러느라고 장막 안이 자연히 요란하므로 관중이 시끄러워져 사면에 순라하던 군사가 일시에 횃불을 밝히고 창검을 두르며 함성이 진동하였다. 응서가 그 기생을 붙잡고 한 손으로 청포검을 들어 전군을 무찌르며 좌우로 충돌하여 나오더니 성 밑에 다다라서는 왜장 평행장이 칼을 두르고 눈을 부릅뜨며 꾸짖었다.

"네 간사한 꾀로 가만히 들어와 우리 장수를 죽이고 당돌히 달아나고자 하느냐? 네 죄를 스스로 생각하여 내 칼을 받으라."

평행장이 달려드니 응서가 온 힘을 다하여 청포검을 휘두르며 죽기로 싸우며 나오니 그 기상이 대단하였다. 청포검 이르는 곳마다 왜장의 머리가 가을에 떨어지는 낙엽 같았다. 붉은 피가 점점이 군복에 젖었다.

문 하나를 헤치고 성을 뛰어넘으려 하니 응서가 비록 용맹하나 기생을 업고 홀로 만군을 헤치며 나오니 기력이 다할 수밖에 없었다. 기생을 업고 성을 넘어올 때 전대(무명이나 베 따위의 헝겊으로 만든, 중간을 막고 양 끝을 튼 긴 자루. 돈이나 물건을 넣어, 허리에 차거나 어깨에 걸쳐 둘러멤)를 끌러 기생에게 잡게 하고 성을 넘더니 적장 평수맹이 급히 달려들어 고함을 지르고 칼을 들어 기생을 죽이고 바로 응서를 잡았다.

응서가 크게 소리 지르며 잡은 칼을 흔들어 여러 명을 베고 달아나니 원익의 비장 안일봉이 백여 명 군사를 거느리고 숨었다가 응서를 만나 함께 돌아왔다. 원익이 크게 기뻐하여 큰 공을 칭찬하며 큰 잔치를 베풀어 서로 축하하였다. 종일의 머리를 높이 깃대에 달아 호령하고 승전고를 울리니, 모든 장수와 군졸이 즐기는 소리 진동하여 적진 중에까지 들렸다. 평행장이 군사들에게 외쳤다.

"너희가 정도(正道)로 싸우지 아니하고 간사한 꾀로써 자취 없이 들어와 나의 수족 같은 장수를 해치니 이는 용납할 수 없다. 내 당당히 조선 인민을 다 죽이고 또한 너희 머리를 베어 우리 깃대에 높이 달아 내 분함을 풀리라."

하고는 무수히 꾸짖어 욕하였다. 원익이 화를 내며 좌우를 돌아보고 말하였다.

"누가 저 도적을 잡아 이 한을 풀어 주겠는가?"

선봉 이일이 수하 장수를 지휘하여 적진을 향하여 싸움을 할 때 왜장이 우리 군의 세력이 큼을 보고 진지의 문을 굳게 닫고 나오지 않았다. 그러자 이일이 크게 외치기를,

"빨리 와 내 칼을 받아라."

그리고 군사를 호령하였다.

"동시에 왜진을 향해 쏘라."

적병이 진문을 굳게 닫고 나오지 않았다. 백광언·지세풍 두 장수가 말을 달려 오가며 싸움을 걸었지만 응대도 하지 않고 조용하더니, 해가 질 무렵 안국사가 진문을 크게 열고 달려와 창검을 들어 백광언과 맞서 싸웠다. 두 차례 싸우다가 광언을 베어 말 아래에 내리치니, 지세풍이 급히 달아나다가 또한 안국사에게 죽게 되었다. 그러자 이일이 더 이상 싸울 마음이 없어 군사를 거느리고 돌아왔다.

한편 총융사 김성일이 갑병(甲兵, 갑옷을 입은 병사) 천여 명을 거느리고 경성으로 향하여 오다가 부평 땅에 이르러 왜군 위탁을 만났는데 위탁의 신장이 팔 척이나 되었다. 호랑이 허리에 원숭이 팔이며 철갑을 입고 머리에 금투구를 쓰고 긴 창을 휘두르며 말을 타고 달려드니, 장졸이 한 번 보고 겁을 먹어 사방으로 뿔뿔이 흩어져 달아났다. 김성일이 크게 소리쳐 말하였다.

"너희는 내 영을 따르지 않고 도망하는구나. 이는 도적보다 더한 것이라. 어찌 나라를 보존하겠는가."

비장 이송이 부끄러워 즉시 활을 잡고 도적을 쏘아 백여 명을 죽이고 성일이 또한 유엽전(柳葉箭, 살촉이 버들잎처럼 생긴 화살)로 백여 명을 죽이니 적이 크게 패하여 달아났다.

이순신이 왜군을 무찌르다

수군 대장 이순신(李舜臣)은 자(字)가 여해(汝諧)이며 문무를 겸비하고 육도삼략(六韜三略, 중국의 오래된 병서 『육도』와 『삼략』을 아울러 이르는 말)을 모르는 것이 없으며 지혜와 용맹이 뛰어나니, 사람들이 칭찬하여 말하기를 당대의 호걸이라 하였다. 나이 십칠 세에 무과에 급제하여 임지에 도착한 후부터 수군을 모아 매일 연습하였다.

매일 능력에 따라 상을 주니 모든 장수와 군졸이 다투어 활쏘기와 말달리기를 힘써 하였다. 순신이 왜군이 올 것을 미리 알고 무기를 정비하고 해전에 쓰는 배 사십여 척을 만드니 위에는 거북이 모양을 만들고 쇠

조각을 쳐 배 위에 입히고 구멍을 무수히 뚫어 벌집 모양으로 화살과 철환을 통하게 하여 도적을 쏘게 하였다. 그 이름을 거북선이라 하고 날마다 장졸을 모아 해전에 대비하여 훈련을 시켰다.

이때 마다시 · 심안둔 두 장수가 군사 팔십만을 거느리고 전라도의 신도를 건너 우수영으로 쳐들어오니 우수사 이억기(李億祺, 임진왜란 때 무장. 이순신을 도와 옥포, 당포, 안골포, 절영도 등의 해전에서 적을 크게 무찌름. 이순신이 원균의 모함으로 감옥에 들어가자 그의 억울함을 알리는 데 앞장섬)와 원균(元均, 임진왜란 때 무장. 이순신이 통제사가 된 것을 시기하여 무고로 투옥시키고 대신 통제사가 되었으나 정유재란 때 해전에서 참패함) 등이 당황하여 아무것도 할 줄 모르고 다만 배를 타고 나아가니 순신이 또한 배를 타고 나왔다.

이때 왜장 마다시가 이십만 수군을 거느리고 나왔다. 깃발을 휘두르고 북을 울리며 배를 달려 급히 쳐들어왔다. 원균을 비롯한 여러 장수들이 이에 맞서 북을 치며 큰 소리로 떠들었다. 서로 깃발과 창검을 높여 햇빛을 가리고 북소리는 물결이 일 듯하였다. 순신이 계책 하나를 생각하고 비장 이광연을 작은 배에 태워 원균에게 보내 이렇게 전하라 하였다.

"이곳이 매우 좁고 돌이 많아 배가 부서지기 쉬워 싸울 장소가 못 되니 큰 바다로 나아가 다투면 우리에게 이로울 것이오. 모름지기 그대들은 내 뒤를 따르고 잘못되는 일이 없도록 하시오."

순신이 적과 더불어 두어 번 싸우다가 거짓으로 패하고 배를 몰아 큰 바다를 향하여 달아나니, 원균과 이억기 등이 왜군과 싸우다가 또한 거짓으로 패한 척하여 순신을 따라 물러갔다. 적이 선두에서 크게 웃으며,

"순신이 겁을 먹고 달아난다."

하고 일시에 북과 나팔 소리를 울리며 배를 재촉하여 따라가니 순신이 배를 돌려 군사를 호령하여 일시에 쏘라 하였다.

이억기 배는 오른쪽으로 돌아가고 이순신의 큰 배 사십여 척은 바로 왜진 가운데로 들어가니 삼노군이 서로 십여 걸음 거리를 두고 일시에 싸울 때 화살과 철환은 빗발치듯 하고 서로 살벌하는(병력으로 죽이고 들이치는) 소리는 바다가 끓는 듯하였다. 순신의 배에 화포를 많이 실었으므로, 군사를 호령하여 적의 배를 향해 일시에 화포를 놓았다. 그러자 곳곳에서 불이 일어나고 불꽃이 하늘 가득하니 적군이 수없이 죽었다. 또한 대완포(가장 큰 화포. 쇠나 돌로 만든 둥근 탄알을 발사함)를 놓아 적의 배를 많이 쳐부수었다. 그러자 왜군이 물에 빠져 죽는 자 만여 명이었다. 왜장 마다시가 크게 놀라 동쪽으로 달아나다가 영채를 세우고 군사들에게 밥을 먹이고 상을 주었다.

이때 왜장 마다시가 즉시 이백여 척을 거느리고 진지를 지키다가 자기 형의 죽음을 듣고 분을 참지 못하여 즉시 배를 거느리고 이날 밤 삼경에 순신의 진으로 왔다.

이때 순신이 적이 올 줄 알고 명을 내렸다.

"오늘 밤 적이 우리 진으로 쳐들어올 것이니 모두 잠자지 말고 대완포를 준비하라."

마다시가 배를 재촉하여 들어오며 크게 북소리를 높였다. 순신이 군사에게 호령하여 대완포를 일시에 놓으니 적의 배가 조각조각 깨어지고 군사들이 물에 빠져 죽는 수를 이루 헤아릴 수 없었다.

마다시가 크게 패하여 달아나니 순신, 억기, 원균 등이 한데 모여 진을 바다 가운데로 옮기고 군사들을 위로하여 음식을 베풀어 주었다.

이때 문득 동남풍이 부니, 순신이 말하였다.

"오늘 밤에 도적이 반드시 순풍을 타고 들어와 불을 놓을 것이니, 우리 모두 준비하고 있다가 대적하리라."

하고 우리 편 장수에게 명하여 배 십여 척을 거느리고 나아갔다. 허수아비를 많이 만들어 한 배에 싣고 방패를 세우며 청룡 깃발을 꽂아 어제 진을 친 곳에 있으라 하고, 이억기에게 오십 척을 거느리게 하고, 이렇게 일렀다.

"오십 리만 가면 작은 섬이 있으니 수풀에 숨었다가 적의 배가 노량포를 지나거든 달려들어 공격하라."

또 원균에게는,

"수군 삼천을 거느리고 동도섬에 가 수풀에 숨었다가 왜선이 지나가든 달려들어 공격하면 반드시 적의 배를 쳐부술 수 있을 것이오. 모든 장수는 내 말을 어겨 급하게 나아가지 말고 내 말을 지키라."

하고 각각 배를 저어 가서는 몰래 숨어 있었다.

이때 마다시는 동남풍이 부는 것을 보고 속으로 기뻐,

'어제 패한 원수를 갚으리라.'

하고 장수들에게 분부하였다.

"이제 동남풍이 불 것이니 이는 우리에게 이로운 징조라. 마땅히 순풍을 좇아 들어가 적군을 무찌름이 여반장(如反掌, 손바닥을 뒤집는 것 같다는 뜻으로, '아주 쉬운 일'을 비유하여 이르는 말)이라."

하고 즉시 배 십여 척에 땔나무를 많이 싣고 유황·화약·철환을 갖추고 배마다 푸른 장막을 둘러치고 선두에 기를 꽂고 바람을 맞고 뒤에는 군사 실은 배 백여 척을 실어 순풍을 타고 나는 듯이 들어오며 일시에 발포하며 어지러이 헤쳐 나갔다.

그러나 조금도 흔들림이 없었다. 이에 마음속으로 의심이 생겨 가까이 와보니 이는 지푸라기로 만든 허수아비를 실은 배였다. 마다시는 크게 놀라 꾀에 속은 줄 알고 배를 돌이키려는데 문득 뒤에서 함성이 일어나며 외치는 소리가 들렸다.

"도적은 묘한 계교로 깨어지는구나."

하며 일시에 달려들어 왜선을 둘러싸고 말하였다.

"오늘은 하늘로도 땅으로도 갈 곳이 없을 것이니, 빨리 항복하여 죽음을 면하라."

불화살과 진천뢰(옛날 대포의 한 가지)를 놓고 유엽전과 편전을 무수히 쏘며 마구 공격하니, 마다시가 싸우고자 하나 허수아비 실은 배를 만나 이미 화살과 철환을 다 쓴 뒤였다. 감히 대적하지 못하고 군사를 다 죽이고 겨우 백여 명이 살아남아 배를 재촉하여 남을 향하여 달아났다.

이때 물 위에서 쫓아오는 소리가 들리며 기러기 무리가 떠오르는 듯이 무수한 배가 내려오는데 그 배들의 큰 깃발에는 '조선 대장 이순신'이라 쓰여 있었다.

마다시가 크게 놀라 싸우더니 순신이 큰 칼을 들고 뱃머리에 나서며 군사들에게 크게 호령하여 급히 배를 몰아 일시에 쳐들어갔다. 또한 이억기와 원균 등이 이르러 좌우로 함께 공격하니 왜군이 동서를 구별하지 못하고 화살도 맞아 죽으며 물에도 떨어져 남은 군사는 어찌할 바를 몰라하였다.

순신이 창을 들고 왜선에 뛰어올라 좌우로 부딪쳐 왜군을 풀 베듯 베니, 한 왜군이 가만히 활을 당겨 순신의 어깨를 맞혔다. 순신이 왜군을 대적하지 못하고 창을 끌고 본진으로 오니 몸에 피가 흘러 갑옷에 스며들어 있었다. 장수들이 크게 놀라 갑옷을 벗기고 보니 어깨에 철환이 두엇이나 박혀 있었다.

모두 당황하여 어찌할 바를 모르는데 순신이 얼굴빛도 바꾸지 않고 좋은 술을 가져오라 하여 취하게 마시고 장수에게 칼을 주어 철환을 파내라 하였다. 그런데도 얼굴을 조금도 찡그리지 않으니, 장수들이 일을 의논하다가 보는 자마다 놀라지 않을 수 없었다. 철환을 파내고 약을 발라 비단으로 동여맸다.

모두가 조용히 들어가 쉬라고 권하니, 순신이 비록 상처가 매우 아프나 이때를 당하여 대장이 병들어 누웠으면 군사들이 놀랄까 두려워 눈을 부릅뜨고 꾸짖었다.

"난세를 당하여 조그만 상처를 가지고 쉰다면 군사들이 불안해하리니, 다시는 이런 소리 하지 말라."

하고 한산도로 나아가 진치고 군사들에게 상을 주고 상처를 치료하였다. 순신이 문득 피곤하여 부채를 쥐고 북을 의지하여 잠깐 조는데, 한 노인이 앞에 나와 말하였다.

"장군이 어찌 잠을 자는가. 도적이 들어오니 빨리 대적하라. 나는 이 물을 지키는 신령인데, 급하기에 알려 주는 것이다."

하고 크게 소리지르기에, 놀라 깨어나니 꿈이었다. 순신이 눈을 들어 바깥을 살펴보니 물빛은 하늘에 닿았고 달빛은 푸른 물에 희미하였다.

순신이 처량한 회포를 이기지 못하여 책상을 의지하여 뱃전을 치며 한 소리를 읊으니 그 노래가 웅대하고 힘찼다. 장수들이 놀라 진중이 요란하니 순신이 장수들을 모아 일렀다.

"오늘 동남풍이 불지니 바삐 나아가 우리 싸움에서 이기고 돌아와 적의 침략에 대비하라."

이 밤에 노인이 조용히 들어와서는, 군기를 다스려 적과 싸울 준비를 하라 하니, 장수들은 이를 보지 못했고, 순신만이 보고 화포와 기계를 준비하였다. 과연 삼경에 이르러 달이 서쪽 고개를 비추는데, 왜군이 가만히 달 아래에 배를 저어 들어왔다. 순신이 장수들에게 명하여 천하성을 불어 일시에 화포를 쏘고 북소리를 울리라 하였다. 도적이 또한 화포를 쏘며 활과 돌을 쏘아 날리니 서로 북과 나팔 소리, 함성이 물결을 뒤집듯 하며 태산이 무너지는 듯하였다.

순신이 중장을 호령하여 좌우로 달려들어 급히 치니 왜군이 대패하여 징을 울리며 남쪽을 향해 달아났다. 원균의 비장 이영남이 따라가 왜선 한 척과 왜군 오십 명을 잡아들였는데 왜군이 넋이 없어 감히 우러러보지 못하였다. 순신이 창검을 쥐고 말하였다.

"너희 가운데 조선 사람이 있느냐? 바른 대로 말하라."

한 사람이 말하였다.

"소인은 거제 사람 김대용인데, 적에게 잡혀가 적군에 들어갔다가 오늘에야 우리나라에 돌아오니 부모를 만난 것과 같습니다."

하고 울자 순신이 물었다.

"네 조선 사람으로 적군에 들었으니 반드시 적이 아침저녁으로 어떻게 움직이는지 그 기미를 알 것이니 자세히 아뢰라."

그 사람이 말하였다.

"왜선 사백 척은 장화포에 들어 숨고, 또 백여 척은 안골포에서 왜장 심안둔이 머무르며 서해로 가고자 하나, 장군이 여기 있으므로 감히 나아가지 못하고 아직 섬에 올라 군막을 치고 있으니, 장군은 빨리 쳐 공을 세우소서."

순신이 무사를 호령하여 왜군을 다 죽이고 즉시 오백 척의 배를 출발시켜 밤이 되기를 기다려 가만히 장화포로 가며 또 군사 백여 명을 우리 장수에게 주어 육로로 들어가 우리 배가 장화포 어귀에 도착한 것을 보고 일시에 군막에 불을 놓아 앞을 공격하라 하고 배를 재촉하였다.

이렇게 나아갈 때 장화포 어귀에 이르니 문득 섬에서 불이 일어나며 왜군이 배를 타고 장화포를 지나 안골포로 가니 순신이 배를 몰아가며 쳐들어가고, 육로로 들어간 군마는 도적의 군막에 불을 지르고 마주 치니, 왜군이 갈 곳이 없어 물에 빠지며 또는 불에도 타서 죽고 사방으로 흩어졌다.

순신이 왜선 백여 척을 깨뜨리고 이어서 안골포로 향하여 들어가니 왜장 심안둔이 장화포가 다 깨지고 순신의 배가 안골포로 들어온다는 것을 듣고 놀라 즉시 배를 거느리고 안골포를 버리고 남해 안도섬으로 달아났다.

순신이 배를 재촉하여 나아가니 왜군이 간데없었다. 이억기 · 원균이 한산도에 들어와 승리하였다는 소식을 알리고 배를 많이 만들며 무기를 정비하여 밤낮으로 왜군을 쳐부술 계교를 의논하였다.

조원익이 의병을 일으키다

조원익은 창원 사람인데 일찍 급제하여 벼슬하다가 나라에 죄를 짓고 평안도 강동 땅에 유배 갔다. 원익이 강동에 이르러 의지할 곳이 없으므로 학생 삼십여 명을 데리고 이십여 년을 가르치니 뜻이 높고 행실이 뛰어났으므로 다른 고을 선비들이 그 이름을 듣고 구름 모이듯 하였다. 임진년에 이르러는 왜군이 조선을 쳐 경성까지 들어오며 임금이 종묘사직(宗廟社稷, 나라와 왕실을 이르는 말)을 버리고 평양에 계신다 하니 원익이 생각하였다.

"이런 난세를 당하여 어찌 한가하게 초야에 묻혀 지내며 속절없이 세월을 보낼 수 있는가?"

그리고 탄식하였다.

"내 비록 나라를 위하여 충성을 다하고자 하나 궁은 비어 있고 이 한 몸 혼자라 의지할 친척이 없으니 무엇을 하리오?"

하고 슬피 우니, 모든 선비가 그 마음에 감격하지 않을 사람이 없었다. 원익이 비록 기질이 약하고 무예를 갖추지 못했으나, 충심과 정열한 행사로 인심이 감동하여 원익을 좇아 일어나는 자, 이백여 명이었다. 원익이 다 거느리고 상원 고을에 들어가 무기를 내어 가지고 삭주로 향하는데, 홀연 대풍을 만나 사람이 제대로 붙어 서 있기 힘들었다. 그래서 잠깐 깊은 골짜기에 들어가 쉬는데, 밤 이경(二更, 밤 9시~11시)쯤 되어 산속에서 한 사람이 외치는 소리가 들려왔다.

"여기에서 남으로 두어 고개를 넘어가면 큰 여염이 있고 그 고을에 왜군 백여 명이 머물러 있으니 조 장군은 이때를 틈타 적을 무찔러 공을 세우시오."

이에 원익이 군사에게 명하여 그 사람을 불러오라 하였다. 군사가 나아가 보니 사람이 없었다. 돌아와 그대로 알리니 원익이 탄식하였다.

"이는 반드시 신령이 길을 가르친 것이라."

즉시 군사를 거느리고 두어 고개를 넘어가니 바람이 크게 불었다. 그 마을 앞에 가 불을 놓으며 급히 고함을 치니 왜군이 크게 놀랐다. 급히 달려들어 보니 불꽃이 하늘에 닿았고 사면에 함성이 진동하였다. 그러자 왜군이 당황하여 불을 무릅쓰고 사방으로 달아났다. 원익이 도적을 쳐부수고 그 마을에 들어가 노략한 도적의 양식이 삼십여 석이요, 소ㆍ말ㆍ닭ㆍ개가 많이 있으니 그 쌀로 밥 짓고 그 고기를 삶아 군사를 위로하고 영원으로 향하였다.

정문부의 군사와 의병이 승리하다

왜장 청정이 함경도에 들어가 함흥을 지키고 스물일곱 고을의 수령을 다 제 앞에 모아 놓고 각 읍의 곡식을 운반하여 제 것으로 삼으니 함경 일도는 전부 그의 땅이 되었으니, 어찌 슬프지 않겠는가.

이때 북병사 정문부(鄭文孚, 의병장. 임진왜란 때 회령의 국경인이 두 왕자를 왜군에 넘기는 등 반역 행위를 하자 그를 처형함. 영흥 부사, 길주 목사를 지냈으나 이괄의 난에 연루되어 죽음)와 회계 첨사 고경민과 갑산 부사 이유익이 본군이 점령되자 피난하여 백두산에 숨어 있었다. 문부가 나라를 위하여 왜군을 치고자 하나 혼자라 뜻을 이루지 못하고 밤낮으로 한탄하며 생각하였다.

'산중에 피난한 자 가운데 죽음이 두렵지 않은 자 있으면 함께 일을 도모하리라.'

백두산을 곳곳이 찾아다니다가 한 곳에 다다르니 백여 명의 사람이 모여 소를 잡고 술을 많이 장만하여 잔치를 하고 있었다. 문부가 문을 열고 들어가 좌중에 절하고 말하였다.

"내 이제 말을 꺼내는 것이 불안하지만, 이 같은 난세를 당하여 술을 마시며 즐기니 무슨 일인가. 방금 천하에 큰 난리가 나서 임금이 종묘사직을 버리고 의주로 피난하여 매일 나라를 생각하시며 통곡하신다오. 조선이 예의지국이지만 하루 아침에 왜군이 세력을 떨치며 도성을 차지하고 백성을 괴롭혀 인심이 나빠지니 회복할 기약이 없어 어찌 슬프지 않겠는가. 나는 북병사 정문부라 하는데, 매일 나라를 위하여 도적을 쳐 부끄러움을 씻고자 하나 다만 충의 있는 사람을 만날까 하여 다니다가, 하늘이 도와 오늘날 그대들을 만나게 되었소. 외모와 기상이 뛰어날 뿐 아니라 거기에 충성스런 절개가 있을 것 같구려. 산속에서 여럿이 한데 모여 백성의 재물만 빼앗어 먹고 속절없이 세월을 보내다가는 마침내 적의 화를 면하지 못할 것이니, 그대들은 다시 생각해 보라."

그 가운데 고경인이라는 사람이 자칭 의병장이라 하고 각 군을 모아 백두산에 들어가 밤에는 도적질을 하여 좋은 술과 고기를 얻어 매일 취하도록 먹고 있었다. 이날 문부의 말을 듣고 대답하지 못하다가 문부가 다시 감언이설(甘言利說, 남의 비위를 맞추는 달콤한 말과 이로운 조건만 들어 그럴듯하게 꾸미는 말)로,

"그대들은 이제 나와 함께 왜군을 쳐 뜻을 이루면 아름다운 이름이 온 나라에 이를 것이요, 불행하여 이기지 못하여 죽더라도 충성스런 사람이 되어 부끄럽지 않을 것이네."

하자, 고경인 등 백여 명이 일시에 절하고 항복하여 말하였다.

"장군의 말씀이 사리에 맞으니, 어찌 순종하지 않겠소."

문부가 즉시 고경인 등을 데리고 비아진에 들어가 무기를 정비할 때 고경인 등이 각각 피난군을 모으니 오백여 명이었다. 이날 제문을 지어 하늘에 제사하고 글을 올렸다.

> 조선국 함경도 북병사 정문부 등은 삼가 일월성신께 고하옵니다. 국운(國運)이 불행하여 남방 오랑캐 방자하게 들어와 조선 예의지국을 하루 아침에 제것으로 만들고자 하오니 나라의 봉록(奉祿, 벼슬아치에게 연봉으로 주는 곡식)을 받아 먹는 백성이라면 어찌 분하지 않겠습니까? 이제 충성을 다하여 나라의 위태함을 구하고자 하오니 신령님들께서는 국가의 형편을 보살피시어 싸우면 반드시 이기고 공격하면 반드시 얻을 수 있도록 도우소서.

제사를 마치고 부윤 벼슬하던 사람 김익대 집에 내려와 명주 열닷 필을 내어 깃발을 만들어 세우고, 큰 기에 '의병장 정문부'라 쓰고, 군사의

전립 위에 충성 충(忠) 자를 쓰며 무기를 정비하여 먼저 회령에 진을 치고 있는 왜군을 치러 갔다. 깃발과 창검을 세우고 징과 북을 울리며 군사를 재촉하여 회령으로 나아갔다. 이때 회령 관속(官屬, 지방 관아의 하급 관리와 하인을 통틀어 이르던 말)이 왜군에게 시달려 매번 생각하기를,

'언제 우리 군사가 이곳에 와서 도적을 칠꼬.'

하며 대한(大旱, 크게 일어난 가뭄)에 비 내리기 바라듯 하였더니, 이날 정문부의 군사가 이름을 보고 왜장 경감로에게 아뢰었다.

"조선의 군사 십만 명이 성 아래에 이르렀다."

경감로가 미처 군사를 모으지 못하고 필마로 급히 나오더니 백성이 다투어 감로를 쏘아 죽이고 문부를 맞아 들어갔다. 문부가 회령을 회복하고 각 관에 소식을 전하니 그 끝에 이렇게 썼다.

의병장 정문부는 십만 의병들을 내세워 함경 일도를 지키는 왜군을 무찌르려고 하니 서로 마음을 합치고 힘을 모아 도성의 위태로움을 해결하고 우리 백성을 건지고자 하나니 격문이 도착하는 날에 사정을 잘 살펴 서로 도웁시다.

격문을 내보낸 후 창고의 곡식을 굶는 백성들에게 내어 주니, 백성들과 군민들이 수없이 달려왔다. 열읍 청북 등지의 군민이 일시에 문부를 따라 군사를 일으켰다. 회계 첨사 고명이 가만히 본진 군사를 거두어 회령으로 가더니 경성 고을에 들어가 국경인을 베고 밤낮으로 행진하여 홍원에 이르니 군사 만여 명이었다. 갑산 부사 성일이 또한 갑병 천여 명을 데리고 함흥으로 향하였는데, 낮이면 산 위에 올라 한 일(一) 자로

진을 치고 주라(朱螺, 붉은 칠을 한 소라 껍데기로 만든 피리)와 태평소를 불어 시끄럽게 하고, 밤이면 횃불을 들어 사방에 벌여 놓고 징과 북을 울리니 그 기세가 웅장하게 보였다.

이때 청정이 사방으로 의병이 일어나는 것을 보고 겁이 나서 높은 대에 올라 기세를 살핀 후 돌아와 군사를 정비하였다. 십여 일 후 정문부 조원익 등의 의병이 이르렀는데 삼만여 명이었다. 함흥 십 리를 물려 진을 치고, 밤 들기를 기다릴 때 문부가 장대에 올라 장수들과 의논하며 말하였다.

"원익은 오천 군사를 거느리고 먼저 동문을 치라. 나는 후군이 되어 남문에 불을 놓고 치면 도적이 반드시 서문으로 가리니 양문으로 급히 몰아 함께 공격하면 일정 대평산으로 달아날 것이다. 누가 감히 대평에 매복하였다가 큰 공을 세울 것인가?"

말이 끝나기도 전에 한 장수가 외치듯 말하였다.

"소장이 이 임무를 맡고자 합니다."

모두 그를 보니 이는 갑산 부사 이유익이었다. 즉시 삼천 군사를 주어 보내고 삼경을 기다려 군사를 밥 먹이고 사경에 행군하여 함흥성을 칠 때 수많은 횃불을 세우고 크게 외치기를,

"적장 청정은 사방을 돌아보고 죽음을 면하라."

하고 급히 쳐들어가니 청정이 놀라서 급히 말에 올라 장검을 들고 내달아 동문을 막더니 군사가 급히 알려왔다.

"남문에 불이 일어나고 숱한 군사가 벌써 성에 들어와 우리 군사를 다 죽입니다."

청정이 더욱 놀라 남문을 구하고자 하나, 함흥 관속들이 가만히 무기에 불을 놓고 문 지킨 왜장을 죽이고 성문을 열어 의병을 맞으니, 원익이 큰 칼을 들고 왜군 백여 명을 죽이고 성에 들어가 좌우로 충돌하여 왜군을 삼 베듯 베고, 문부의 군사 또한 남문에 불을 놓고 일시에 들어가 어지러이 싸우니 청정이 죽도록 싸워 마침내 감당하지 못할 줄 알고 오직 서문이 조용하니 군사를 거느리고 급히 서문으로 갔다.

이때 대평으로 달아나니 동방이 이미 밝아 있었다. 청정이 대군을 거느리고 대평을 넘는데, 문득 그림자를 따라 나팔 소리 요란하더니,

"의병장 이유익이 여기서 기다린 지 오래다. 궁지에 몰린 도적은 멈추거라."

하고 군사를 재촉하여 급히 쏘라 하였다. 청정이 군사를 태반이나 죽이고 죽도록 싸워 전면을 헤치고 패잔군을 거두어 안변으로 들어가 웅거(雄據, 일정한 지역을 차지하고 굳게 막아 지킴)하였다.

유정이 승군을 일으키다

왜장 선강정이 삭령 고을을 점령하고 이천 군수를 죽이며 이어 김성을 치고 또 회양에 머물며 곳곳에 노략질하더니 금강산 유점사에 들어가 법당에 앉아 중들을 모두 물러 호령하였다.

"너희 절에 있는 재물을 다 내어놓아라. 만일 늦었다가는 즉시 베리라."

중들이 급히 재물을 내어 월대에 쌓으니 태산 같았다. 거역하는 중은 베고 또는 동여매고 몹시 때리는데, 한 중이 밖에서 들어와 바로 부처께

예를 올리고 돌아와 왜장을 향하여 절하였다.

선강정이 자세히 보니 그 중의 용모가 뛰어나고 호랑이 눈이며 사자 뺨이요 수염이 매우 길었다. 왜군이 좌우로 창검을 들고 휘둘러도 조금도 두려워하는 빛이 없는 것을 보고 왜장이 비상한 중이라는 것을 알고 답례하니, 유정(惟政, 임진왜란 때의 승병장. 속성은 임씨. 왜란 때 승병총섭으로 활약했으며 일본에 건너가 강화하고 돌아옴. 시호는 사명대사)이,

"소승은 이 절에 있는 유정이라 하는 중입니다. 장군이 험한 길을 괴롭게 말을 달려와서 우리 절에 이르렀는데, 소승이 먼저 맞지 못하여 죄송합니다."

하고 소매에서 조그만 종과 차 넣은 병을 내어 표주박에 부어 왜장에게 권하며 말하였다.

"산속에 각별한 별미 없이 송백차를 드리나니 고약하게 여기지 마소서. 산속에 사는 중의 보따리라고 해 봐야 오직 표주박 하나뿐이고 돌 사이에 흐르는 물과 산 위의 흰 구름뿐이라. 구태여 가져가시려거든 마음대로 가져가시오."

이렇게 태연하게 나오자, 왜장이 그 말이 갈수록 안정되어 있음을 보며 반드시 보통 중은 아니라 생각하며 말하였다.

"그대는 진실로 보통 중이 아니군."

하고 유정을 청하여 데리고 안변 고을에 들어가 청정을 보고 말하였다.

"이 중은 보통 중이 아니므로 여기에 두고 대사를 의논함이 좋을 듯싶소."

청정이 유정을 보고 예로 대접하고 옛날부터 지금까지의 전쟁에 대해

이야기 나누는데, 푸른 바다처럼 거칠 것이 없었다. 청정이 기뻐하며 후한 대접을 하나 유정이 돌아갈 생각으로 청정에게 물었다.

"일본이 조선과 이웃하여 있는데 어찌 이리도 심하게 침략하였소?"

청정이 말하였다.

"조선이 스스로 힘을 헤아리지 못하고 우리 명에 따르지 않으므로 이 지경에 이르렀소. 지금이라도 조선 국왕이 우리를 위하여 군사를 거느리고 선봉이 되어 명나라를 치고 이어 우리나라를 섬겨 항복하면 도로 도성을 내주고 왕으로 봉하고 다시는 침략하지 않을 것이오."

유정이 화를 발끈 내며 얼굴빛을 바꾸고 말하였다.

"조선 왕은 위대한 임금이시고 또 조선이 일본과 비교하건대 대국이라, 체통이 유별하오. 일본 관백은 본디 미천한 사람으로 그 임금을 내치고 스스로 서니 이는 천하의 큰 도적이오. 어찌 대국 임금이 소국 도적을 섬기겠소."

이렇게 꾸짖자 청정이 크게 화를 내며 진 밖에서 베라 하니, 유정이 조금도 두려워하는 빛 없이 하늘을 우러러 큰 소리로 웃었다.

"내 잠깐 장군을 시험하였더니 진실로 소장부로다. 한 사람이 도적이라 하면 도적이 되며 성인이라 하면 성인이 되는가? 천하가 다 성인이라 하여야 성인이요 천하가 다 도적이라 하여야 도적이 되는 것이니, 이런 작은 보통 사람과 어찌 대사를 이루겠는가."

하고 씩씩하게 걸어나가니 청정이 도로 친히 내려가 무사를 꾸짖어 물리치고 유정의 소매를 이끌어 장중에 들어와 사죄하며 말하였다.

"내 신승을 해칠 뻔하였소. 그대는 나를 허물치 말고 안심하라."

그러자 유정이 웃고 겸손히 받아들였다.

이튿날 유정이 청정에게 말하였다.

"내 들으니 선강정이 삭령으로 간다 하니 반드시 경기감사 심대를 죽일 것이오. 내 평소에 심대와 좋은 사이니 나아가 구하고자 합니다."

청정이 말하였다.

"그대 여기 있으면서 어찌 죽음을 아는가?"

유정이 웃고 말하였다.

"대장부 세상에 처하니 비록 만 리 밖 일이나 어찌 헤아리지 못하리오. 하물며 삭령은 불과 천 리라, 어찌 모르겠는가. 장군이 사람 보기를 썩은 풀같이 하는구려."

이때 갑자기 서문을 지키는 군사가 글을 올렸는데, 이는 선강정이 심대를 죽였다는 승리 소식이었다. 청정이 놀라서 급히 유정에게 청하였다.

"그대는 진실로 보통 중이 아니오. 그러니 오래 요란한 전장에 머물러서는 안 되겠소. 빨리 산으로 들어가 불도(佛道)를 닦는 일에 힘쓰시오."

유정이 청정과 이별하고 유점사로 돌아와 모든 중들을 불러,

"우리는 조선국의 중이오. 이제 우리 예의지국이 마침내 왜군에게 침략을 당했으니 어찌 한심하지 않겠소. 우리 비록 중이나 또한 조선 백성의 자손이니, 이제 왜군에 속한다면 어찌 부끄럽지 않겠소. 내 당당히 나라를 위해 은혜를 갚고자 하오. 내 명령을 듣지 않겠다면 즉시 베겠소."

하니 모든 중들이 순종하였다.

유정이 이날 무기와 깃발을 정비하고 큰 기에 '조선 승군 도원수 유정'이라 쓰고, 한편으로 군복을 입으며, 다른 한편으로 강원도 곳곳에 전하

여 승군을 모으니, 차차 이 소문을 듣고 바람을 따라 오는 자가 천여 명이었다.

유정이 유점사에서 승군을 데리고 들에 내려와 매일 연습하며 활쏘기와 총놓기를 익히더니 오래지 않아 곳곳의 승군들이 계속 줄을 이었다. 유정이 그 군사를 거느리고 고성현에 들어가 무기를 내어 가지고 양덕 맹산을 지나 의주로 향하였다.

정남과 변흥정이 용감히 싸우다

김제 군수 정남과 해남 현감 변흥정이 군사 오백여 명을 거느리고 웅천 고을에 진을 치고 왜군이 들어오기를 기다렸다. 이때 왜장 평정성이 군사 이만을 거느리고 경성을 지나 전주로 향하더니, 정남 변흥정이 웅천에 주둔한 것을 보고 총 잘 놓는 군사 일천을 왼쪽에 있게 하고 창군 백 명을 오른쪽에 세우고 일시에 북을 울리며 기를 휘두르고 좌우로 달려들어 총을 쏘니 정남의 군사 삼대 쓰러지듯 하였다.

또 창 든 군사 일시에 달려들어 성을 둘러싼 울타리를 부수고 썩은 풀 베듯 죽이니, 정남 · 변흥정이 각각 창검을 들어 적병을 대적하며 크게 군사를 호령하여 유엽전으로 쏘니 왜군이 잠깐 물러났다. 정남 · 변흥정이 좌우로 치니 왜군이 화살을 맞아 수백 명이 죽고 진의 형편이 어지러웠다.

평정성이 쟁을 쳐서 군사를 거두고 남쪽으로 달아나는데 앞에 한 갈래의 군사가 오는 것이었다. 이는 일본 장수 안국사의 군사였다. 평정성이 기뻐하여 합병하니 군사가 만여 명이었다. 다시 웅천을 향해 나아오니 정남·변흥정이 맞아 하루 종일 어지러이 싸웠다. 서로 죽은 군사가 많아 주검이 산같이 쌓이고 피가 흘러 시내를 이루었다.

이날 해질 무렵 왜군이 군사를 몰아 정남의 진을 공격해오니 정남이 군사를 호령하여 쏘라고 하였다. 그러나 군사가 짊어진 화살통에 화살이 없어 하나도 쏘지 못하니 정남이 어쩔 수 없이 왼손에 창검을 들고 오른손에 쇠로 된 채찍을 휘두르며 왜군을 무찌르니 붉은 피가 점점이 튀어 군복에 스며들었다. 좌충우돌하여 적군을 죽이는데 문득 칼이 부러져 주먹으로 적을 치다가 기운이 다하여 마침내 죽었다.

변흥정이 또한 철퇴를 들고 왜진에 들어가 어지러이 치니 왜군이 철퇴를 맞아 팔도 부러지고 머리도 깨지며 죽었다. 그러나 그 또한 기력이 다하여 입으로 피를 토하고 죽으니 모든 군사가 다 흩어지고 군기만 남았다. 새벽에 평정성이 보고 불쌍히 여겨 군사들에게 죽은 군사를 모아 쌓고 흙을 덮으며 큰 나무를 깎아 세우고 '조선 충신 정남 변흥정이 있는 곳'이라 하였다.

이튿날 안국사가 군사를 거느리고 전주로 향하니 이때 차령 사람 정남이 자기 노복과 동네 사람을 데리고 피난하다가 급히 전주성에 들어가 관속과 백성들을 놓아 무기를 주며 말하였다.

"왜군이 웅천을 점령하고 전주를 치러 가니 모두들 힘을 다하여 싸우라."

그리고 급히 성문에 올라 성가퀴(몸을 숨겨 적을 공격할 수 있도록 하기 위해 성 위에 덧쌓은 낮은 담)마다 무수한 깃발을 세우고 군사에게 북과 나팔 소리를 울리며 화포와 활과 돌을 던지게 하였는데, 왜군이 이미 웅천 싸움에 많이 죽은 터였다. 이에 급하여 밤에 도망하였다.

조방장·원후·이전부 등이 군사 오천을 거느리고 여주로 나오더니 왜적 평수정이 육만 군사를 거느리고 충주를 지키며 김수 등은 사만 군사를 거느리고 원주를 지키게 하고 군사를 놓아 곳곳에서 노략질하였다. 이때 사오백이나 육칠백이 이어서 죽산·양지·용인·양근·광주로 오가며 노략질하였다.

원후가 군사를 거느리고 여주 기미포에 매복하였다가 왜장 길인걸이 오천 군사를 거느리고 기미포를 건너오자 원후가 방포를 놓고 복병이 일시에 달려들어 급히 치니 왜군이 물에도 빠지며 화살도 맞으며 죽었다. 길인걸이 군사를 다 죽이고 겨우 목숨을 보전하여 도망하였다.

이때 이천 부사 변응성이 삼천 군사를 거느리고 배를 타고 가만히 안개 속으로 배를 저어 나아가며 도적을 살폈다. 왜군 오천이 노략질하니 화살을 일시에 쏘아 왜군 천여 명을 죽이니 왜군이 도망하였다. 그 후로부터 여주 양주 근처에 감히 다니지 못하였다.

곽재우와 김덕령이 의병을 일으키다

회람 사람 곽재우(郭再祐, 임진왜란 때 의병장. 의령에서 의병을 일으켜 큰 공을 세움. 홍의장군이라 불리며 유격전으로 왜적을 무찌름)의 자는 계유니 감사 곽월의 아들이었다. 비록 급제는 못 하였으나 문장과 지략이 뛰어났다. 시절이 어지러우므로 가산을 흩어 사람을 사귀어 군정(軍丁, 군적에 올라 있는 지방의 장정) 수백 명을 얻고는 즉시 나와 도적을 쳤다. 왜선 삼십 척을 쳐 물리치고 창고의 곡식 백여 석을 취하여 군사를 크게 위로한 후 초계 고을에 들어가 무기를 내어 가등 첨사 정응남으로 군관을 삼고 열읍 창고의 곡식 일천여 석을 얻어 굶주린 백성에게 나누어 주니, 이십여 일 만에 군사 만여 명이 모였다.

이때 안국사가 갑병 팔십만을 거느리고 물을 건너 의령을 치려 하였다. 강변의 해자(垓字, 성 주위에 둘러 판 못)가 깊으므로 군사가 빠질까 나무를 깎아 물에 꽂아 표를 삼았다. 곽재우의 군사가 미리 살펴 왜군이 물에 표한 것을 알고 즉시 그 표를 빼어 옮겨 꽂고 해자 가에 숨어 있었다. 과연 그날 밤에 안국사가 이만 군사를 거느리고 물을 건너오다가 표를 잘못 보고 군사가 다 빠져 죽었다. 복병이 일시에 달려들어 공격하니 안국사가 크게 패하여 달아났다.

재우가 비로소 군위를 정할 때 장대에 앉고 깃발과 창검을 좌우로 세우고 장수들에게는 다 붉은 옷을 입히고 백마를 태우며 큰 기에 '홍의장군'이라고 쓰고 장졸을 모아 호령하였다.

"오늘 안국사가 패하였으니 밤을 틈타 반드시 우리 진을 기습할 것이다. 장수들은 모두 걱정하지 말고 적을 막으라."

그리고 이어서 지시하였다.

"장수 십여 명씩 정하여 좌우 전후 산골짜기에 매복하였다가 적병이 지나가거든 달려들어 죽이되 패할 것 같으면 얼른 도망치라."

이렇게 재우가 분부하고 군사를 지휘하였다. 이날 안국사는 오만 군사를 거느리고 바로 곽재우 진을 향하여 쳐들어갔다. 곽재우 측에서는 진문을 닫고 움직임을 보이지 않더니 국사가 싸움을 돋구었다. 날이 어두워지자 진문이 열리고 백마 탄 장수가 창검을 휘두르며 적장과 싸우다가 거짓 패하여 산골짜기로 달아나니, 왜장이 이겼다며 쫓아왔다.

그런데 문득 한 모롱이를 지나며 간 곳을 알지 못하여 망설이는데, 갑자기 왼쪽 수풀에서 붉은 옷을 입은 백마 탄 장수가 패하여 산골짜기로 달아났다. 왜장이 따르다가 또 잃고 주저할 즈음에 붉은 옷의 백마 탄 장수가 달려들기에 십여 차례 싸우는데 왜장이 곧 속은 줄 알고 급히 군사를 후퇴시켰다.

때마침 화포 소리 나며 사방팔방에서 함성이 크게 울리니 안국사가 얼굴빛이 변하여 달아나고자 하였다. 그러나 사방에서 복병이 한꺼번에 나타나 왜군을 크게 어지럽히고 짓밟아 죽이니 그 수를 헤아릴 수 없었고, 남은 군사는 도망치기에 바빴다.

곽재우가 군사를 몰아 전진하며 목책을 버리고 홍기와 백기를 열 걸음에 하나씩 꽂았다. 부하 장수 정지명에게 군량을 준비하라 하고, 이운정을 군정사로 삼고, 심대승·백맹신을 선봉으로 삼고, 정달에게 군기 찾는 역할을 맡기고, 정인을 후군 대장으로 삼고, 유락에게 일꾼들을 지키게 하고, 심기에게 배를 차지하게 하고, 정탐군을 보내어 서로 출입하며 지켰다. 그러자 왜군이 감히 근처를 엿보지 못하게 되었다. 조정이 이 소식을 듣고 병조 정랑 유정을 보내어 그 지략과 공을 칭찬하였다.

왜군이 조선 팔도 삼백여 주에 모두 가서 백성을 수없이 죽였다. 이렇게 여러 해 지나니 백성이 서로 모여 사방에서 의병을 일으켰다. 군위

고을 좌수 장사진이 의병을 거느리고 왜군 팔백여 명을 죽이고, 또 충청
도 대흥사 중 수운이 승군을 거느리고 청주 고을을 지키며 왜군 백여 명
을 죽이고, 홍경삼이 신계 고을에 머물러 있는 왜군을 쳐부수고, 이정함
은 안성에 든 선강정을 쳐부수었다. 광주 교생 김덕령(金德齡, 의병장. 광주
출신. 임진왜란이 일어나자 권율의 휘하에 들어가 왜군의 호남 지방 진출을 막고, 곽재
우와 함께 여러 차례 적의 대군을 무찌름)은 광대들에게 오색 반의(斑衣, 여러 빛
깔의 옷감으로 지어 만든 어린아이의 옷)를 입히고 각각 장창을 주어 호남 호서
로 오가며 왜군을 만나면 평지에서 뛰놀고 말 위에서 거꾸로 서며 몸을
날려 공중에 오르게 하니 왜군이 그 의복과 재주를 보고 가장 괴이하게
여겼다.

"이는 진실로 신병(神兵)이로구나."
하며 매번 만나면 피하여 달아났다.

명나라에 구원병을 청하다

이때 유격장군 심유경이 돌아간 후 한결같이 구원병 소식이 없었다.
임금이 근심하여 즉시 이덕형을 청병사로 삼아 천조(天朝, 천자의 조정을 제
후의 나라에서 이르는 말)에 들어가 구원병을 청하도록 했다. 덕형의 일행이
밤길을 가서 천조에 들어가 병부 상서 석성을 통하여 천자(天子, 당시 중국
의 명나라 신종 황제)에게 아뢰었다. 천자가 사신을 만나 위문하니 덕형이
울며 엎드려 아뢰었다.

"신의 나라가 왜란을 만나 팔도 백성들을 다 죽이고 도성이 함락되어

국왕이 종사를 버리고 의주성에 몸을 감추어 매일 밤 통곡하시며 오직 명나라의 구원병을 기다립니다. 폐하께서는 널리 덕을 베풀어 특별히 구원병을 보내시어 왜군을 무찌르시고 모든 백성을 살려 주시며 나라를 회복하게 해 주십시오."

천자가 말하였다.

"짐이 일찍 요동 도독 조승훈을 보내어 구하라 하였더니 조선이 군량을 주지 않기로 대군이 배고파하다가 마침내 패하여 돌아왔다. 이제 너희의 모습이 불쌍하지만 대군이 나아가는 날 무엇으로 군사를 거느리고 먹이려 하느냐? 대국이 또한 연이어 흉년을 맞아 백성이 궁핍하니 어찌 그대들을 구하겠는가. 잘 생각하여 처리하리니 내 명을 기다리라."

하고 예부(禮部)에 일러 잘 대접하라 하였다. 덕형 등이 옥화관에 머물러 음식을 먹지 않고 밤낮으로 슬피 우니 보는 자마다 탄식하였다.

이렇게 몇 개월이 지나도록 구원병을 얻지 못하다가, 하루는 천자가 꿈을 꾸는데 수많은 계집이 볏단을 이고 조선의 큰 바다에 이르러 임금을 밀치니 놀라 깨었다. 이것은 남가일몽(南柯一夢, 한순간의 꿈)이었다. 마음에 의심하는 마음이 들어 생각하니,

"조선이 왜란을 만나기로 이런 꿈을 꾸었나?"

하고 글자로 꿈을 풀어 보니,

'사람 인(人) 변에 벼 화(禾)가 붙었고 벼 화 아래 계집 녀(女) 자니 왜국 왜(倭)라. 왜군이 반드시 침략할 뜻이 있구나.'

하고 가장 놀랐다. 또 몸이 피로하여 신음하더니 비몽사몽(非夢似夢)간에 홀연 공중에서 번개가 세 번 치고 하늘문이 열리는 곳에 신장 한 사

람이 안개와 구름 사이로 내려와 계단 아래에 서니, 황제가 이상하게 여겨 물었다.

"그대는 어떤 사람이기에 짐을 보아 무엇하려 하느냐?"

그 사람이 말하였다.

"소장은 삼국 때 관장(關長, 이름은 관우. 삼국시대 촉한의 무장으로 유비를 도와 많은 공을 세움. 뒤에 손권에게 음모로 살해됨. 후세 사람이 각처에 관왕묘를 세워 숭배함)입니다. 소장이 안량·문추를 베니 옥황상제께서 무죄한 사람을 죽였다 하시어 다시 세상에 환생하지 못하게 하시니 외로운 넋이 조선에 의지하여 향불을 받고 있었습니다. 이제 조선이 왜란을 만나 수많은 백성들이 왜군 손아귀에 있고 조선 왕이 종사를 버리고 의주로 달아나 몸을 감추고 있을 만큼 매우 위태롭습니다. 전하께서는 어짊과 덕을 베푸시어 구원병을 보내어 조선을 구하소서."

황제가 말하였다.

"내가 조선을 구하고자 하나 대장 맡을 사람을 얻지 못하여 근심하고 있소."

운장이 말하였다.

"요동 제독 이여송(李如松, 명나라의 무장. 임진왜란 때 조선을 도우러 와서 평양을 회복하였으나 적극적인 활동을 하지 않았음. 『임진록』에는 부정적 인물로 등장함)이 지혜와 용맹을 겸비했으니 대장을 삼아 조선을 구하소서."

황제가 다시 묻고자 하였더니, 홀연 북풍이 불고 검은 안개가 앞을 가려 간 데를 알지 못하였다. 놀라 깨어 보니 이것 또한 꿈이었다. 드디어 뜻을 정하여 조선을 구하기로 하고 즉시 이덕형을 불러 위로하며 말하였다.

"중국이 흉년이 들었을 뿐만 아니라 사람과 말이 부족하여 가벼이 움직일 수 없으나 그대들의 충성에 감동하여 조선 왕을 구하려 하니 그대들은 돌아가라."

덕형이 그 은혜에 머리 숙여 감사하고 관사에 돌아와 행장을 꾸리고 길을 나서서 의주에 이르렀다. 임금이 보고 구원병을 보내 준다는 사실을 듣고 매우 기뻐하였다.

명나라 천자는 분부를 내려 병부 상서 송응창을 경략으로 삼고, 병부 시랑 유황상을 방해군무로 삼고, 요동 제독 이여송을 대장으로 삼아, 삼영장 이여백, 장세작 등과 남경 장수 낙상지 등을 거느리고 가게 하고, 산동미 삼만 석과 대군 십만을 내어 조선을 구하라 하였다.

이여송 등이 하직하고 대군을 지휘하여 조선으로 향할 때 그 기운이 해를 가리고 징과 북소리를 일제히 울리니 그 소리가 산을 움직였다. 또 군대가 이은 줄이 수백 리에 이르니 사람은 천신(天神) 같고 말은 하늘을 나는 용과 같았다. 대군이 씩씩하게 행진하여 연경을 지나 봉황성에 이르러 제독이 먼저 패문을 만들어 의주로 보내니 임금이 매우 기뻐하였다. 즉시 이항복이 명을 받고 외국 사신을 접대하러 가니 구원병이 압록 강에 이르렀을 때 문득 해오라기가 서쪽에서 북쪽으로 날아갔다. 이여송이 말 위에서 활에 화살을 메기고 하늘을 우러러 가만히 빌었다.

'명나라 대도독 이여송이 황제의 명을 받고 대군을 거느리고 왜군을 치고 조선을 구하고자 합니다. 만일 공을 이루리라 하시거든 해오라기가 맞아 떨어지고 만일 성공하지 못하리라 하시거든 맞지 않게 하소서.'

빌기를 마치고 공중을 향하여 쏘니 활시위를 응하여 해오라기가 화살에 맞아 발 앞에 떨어졌다. 이에 이여송이 매우 기뻐하며 군사를 재촉하여 압록강을 건너 통군정에 올라 장수들과 더불어 앉아서 조선 체찰사를 만났다. 이때는 아무것도 모르고 답을 못하더니 다시 재촉하는 소리가 우레 같았다. 병조판서 이항복이 체찰사 유성룡을 대신하여 들어갈 때 정충신이 조선 지도를 이항복의 품에 넣었다. 이항복이 무사를 따라 당 아래에 이르니 제독이 의자에 앉아 말하였다.

"대군이 여기에 이르렀으니 조선이 길 안내를 겸하여 선봉에 서시오. 또 왜군을 칠 계책을 마련했소?"

이항복이 당황하여 생각하지 못하다가 품에서 지도를 꺼내어 주니 제독이 보고 기뻐하였다.

"조선의 운이 불행하여 왜란을 만났으나 이제는 망하지 않을 것이오."

하고는, 또 말하기를,

"조선 왕을 한 번 만나고자 하오."

하였다. 바로 그때,

"조선 국왕이 왔습니다."

하는 연락이 왔다. 이여송 등이 내려와 예를 하고 앉은 후 이여송이 눈을 들어 우리 임금의 얼굴을 보니 제왕의 기상이 아니었다. 문득 의아하여 조선 체찰사를 불러 말하였다.

"너희 조선이 간사함이 유난하여 우리를 업신여겨 임금이 아닌데 임금이라 하여 우리를 놀리니 내 어찌 구할 뜻이 있겠는가."

하고 화를 내고 대군을 돌리라고 명을 내리고 징을 쳐 군사를 물리라 하니, 백관과 모든 백성이 일시에 통곡하였다.

"이제 구원병이 물러가니 동방예의지국이 속절없이 왜국이 되고 말겠구나."

그 곡하는 소리가 진동하였다. 이항복과 유성룡이 임금에게 아뢰어,

"이제 구원병이 물러가오니 왜군을 감당하지 못할 것이옵니다. 그러면 조선이 하루 아침에 왜국이 될 것이니. 어찌 망극하지 않겠사옵니까? 전하께서는 통곡을 하소서."

임금이 또한 큰 소리로 통곡하니 이때 이여송의 무리가 장중에 있다가 곡소리를 듣고 물었다.

"이 어찌 된 곡소리인가?"

장수들이 말하였다.

"구원병이 물러가는 것을 보고 조선 왕이 통곡하고 있습니다."

이여송이 말하였다.

"이는 반드시 용의 소리다. 분명한 왕의 울음이니 어찌 구하지 않겠는가?"

하고 장수들에게 분부하여 회군하는 영을 거두었다.

이여송이 군사를 이끌고 오다

이여송이 임금과 만나 다시 위로하고 즉시 의주를 떠나 안주에 이르렀다. 성남에 영채를 내리니 깃발이 해를 가리고 창칼이 눈서리 같고 군의 용기가 대단하니 조선 사람이면 누구나 기뻐하였다. 체찰사 유성룡

이 들어와 의논할 때 이여송이 안주 동헌에 앉아 왜군의 정세를 자세히 물으니 성룡이 일일이 대답하고 평양 지도를 내어 주었다. 이여송이 보고 성룡에게 말하였다.

"왜군이 조총만 믿고 있으니 우리가 대포를 쏘면 오륙 리는 간다오. 적이 어찌 대적하겠소?"

성룡이 기뻐하여 칭찬하고 물러왔다. 이여송이 본총병사 대수를 먼저 순안에 보내어 왜군을 속여 말하였다.

"천조가 이미 화친을 허락하였고 심유경이 장차 이리로 올 것이오."

왜군 평행장이 기뻐하여 잔치를 벌여 서로 축하할 때 왜승 현소가 글을 읊었다.

일본이 중원을 항복받으니 사해 한집 같도다.
기쁜 기운이 눈을 녹이니 하늘 땅이 태평하구나.

이때는 계사년 봄 정월이었다. 평행장의 부장 평호란이 사십여 명을 거느리고 순안에 가 심유경을 맞으려 하였더니 부총병사 대수가 거짓으로 속여 술을 먹으라 하였다. 그리하여 평호란을 먼저 죽이고 그의 군사를 다 잡아 죽이려 한 것이다. 그러나 그중 두어 사람이 도망하여 평행장에게로 달아났다. 그리하여 적이 비로소 명나라 군사들이 이른 줄 알고 가장 두려워하였다.

이여송이 안주를 떠나 수안에 이르러 군사를 쉬게 하고 이튿날 군사들을 이끌고 나와 평양을 에워싸고 보통문, 칠성문을 쳤다. 이때 왜군이 조총과 돌을 쏘니 명나라 군사가 또한 대포를 쏘았다. 그러자 불꽃과 연기가 하늘에 가득하고 성안 곳곳에 불이 일어나자 왜군이 더 이상 성을 지키지 못하고 도망하였다.

명나라 장수 낙상지·오유충 등이 절강 용사 수백을 거느리고 각각 단검을 차고 성 위로 뛰어올라가니 왜군이 대적하지 못하고 내성으로 달아났다. 지국이 뒤를 따라 죽이고 이여송도 대군을 몰아 내성을 포위했다. 왜군이 성 위에서 조총을 쏘며 돌을 날리니 명나라 군사도 많이 다쳤다.

이여송이 즉시 군사를 거두어 성 밖에 진을 치고 장수들을 불러 모아 의논하였다.

"어려운 처지에 있는 적을 급히 위협하면 반드시 죽을 각오로 싸우리니 스스로 달아나게 한 후에 그 뒤를 따라 공격하면 크게 이기리라."

한편 평행장이 명나라 군사가 물러가는 것을 보고 서로 의논하였다.

"이여송이 지혜와 용맹을 겸비하여 싸우고 또 명나라 군사의 용맹에 대적하기 어려우니 장차 어찌하면 되겠는가?"

평의지·평조신 등이 말하였다.

"우리 만일 싸우지 아니하고 굳게 지키면 명나라 군사가 양식이 없어 물러가리니 그때를 틈타 공격하면 이길 수 있을 것이오."

평행장이 말하였다.

"우리 만약 고성(孤城, 같은 편의 도움이 없어 고립된 성)을 지키다가 조선 군사와 명나라 군사가 협력하여 앞뒤에서 공격해 오면 어찌 대적하리오?"

그리고 얼음을 타고 대동강을 건너 경성을 향해 가다가 의승장 유정을 만나 크게 패하고 급히 도망갔다.

원래 유정이 금강산에서 평양으로 향할 때 얻은 승군이 천여 명이었다. 나아가 장림에 진을 치고 왜군의 정탐꾼을 많이 죽이고, 이날 밤에 왜군이 도망하는 것을 보고 그 뒤를 쫓아 치니 군수품을 실어 나르는 말을 많이 얻었다.

이튿날 이여송이 왜군이 도망하는 것을 보고 드디어 성안에 들어가 웅거하고 적병을 따라가지는 않았다.

의병장 고충경이 승리를 거두다

의병장 고충경이 황해도 열읍을 지키는 왜군을 공격할 때 호성도정(이름은 이주. 왕실의 친척인 종친으로서 의병장으로 활약함. 나중에 호성군에 봉해짐)이 풍천을 따라 구월산에 이르러 와 왜군의 종적을 살펴보다가 더 이상 물어볼 곳이 없어 방황하는데, 마침 중 셋이 오기에 물었다.

"이제 왜적이 지키고 있는 곳이 많은데 그대들은 마음 놓고 다니니 무슨 까닭이 있는가? 만일 사실을 말하지 않으면 당장 베리라."

그 중이 말하였다.

"소승은 강원도 중으로 적장 선강정에 잡혀 밥 짓는 군사가 되었소. 그래도 조선을 어찌 잊으리오만 호랑이 굴에 들어가 조금도 편하지 못하니, 언제 좋은 사람을 만날까 합니다."

말을 마치며 눈물을 흘리니 호성도정이 말하였다.

"너희 말에 하늘이 감동할 것이며 내 말을 들으면 더욱 충성이 빛날 것이다."

하고 독약 한 쌈을 주면서 말하였다.

"이 약을 가지고 왜적에게 음식을 해 줄 때 그 음식에 섞어 먹이면 반드시 죽을 것이니 너무 염려 마시오."

그 중이 허락하였다.

"장군은 모름지기 성 밖에 복병하여 있으면 소승이 약을 사용한 후 즉시 나와 알리리니 장군이 군사를 몰아 들어와 급히 치면 이길 것입니다."

호성도정이 군사를 일으켜 산성 밖에 숨어 있었다. 그 중이 성안에 들어가 저녁밥에 그 약을 섞어 모든 도적을 먹였더니 그 밥 먹은 도적은 절로 쓰러졌다. 그 중이 급히 나와 호성도정을 보고 그 일을 자세히 알리니 호성도정이 급히 군사를 거느리고 성안에 들어가서 일시에 큰 소리로 나아가니 선강정이 크게 놀라 비록 싸우고자 하나 군사 태반이 독을 먹어 어찌할 바를 몰랐다. 이미 모책이 있는 줄 알고 남은 군사를 거느리고 달아나고자 하였는데, 호성도정이 중군을 지휘하여 일시에 불을 놓고 어지러이 치니, 선강정이 당하지 못하여 성을 버리고 달아나려 하였다. 호성도정이 중군을 재촉하여 뒤를 따라 신천 땅에 이르러 홀연 앞을 바라보니 티끌이 이는 곳에 한 무리의 군마가 풍우같이 이르러 선강정 가는 길을 막았다. 그가 바로 의병장 고충경이었다.

원래 충경이 봉산 안악 등처에 있는 왜적을 죽이고 황주로 가다가 정히 선강정을 만나 군사들을 죽이니 선강정이 어리둥절하여 바삐 북쪽 소로로 달아났다. 거기서도 초토사 이지함을 만나 군사를 수없이 죽이고 남쪽을 향해 급히 달아났다.

또 방어사 이시언을 만나 크게 싸우다가 호성도정과 고충경이 함께 따라와 앞뒤에서 공격하니 선강정이 사방에 달아날 길이 없음을 알고 스스로 자결하였다. 이시언 등이 남은 적장을 무찌르고 황주로 갔다. 이때 평행장이 평양을 버리고 대군을 거느리고 검수참에 이르렀는데 군사들이 목마름을 못 이겨 아우성을 쳤다. 이시언 등이 이 틈을 타 그 뒤를 따라와 치니 왜군 천여 명이 죽었다. 그러자 이시언은 한편으로 이겼다는 소식을 평양에 알리고 한편으로는 계속 왜군 뒤를 따랐다.

이여송이 왜군에게 패하다

처음에 이여송이 평양을 칠 때 명나라 군사는 보통문을 치고 순변사 이일은 김응서와 함께 함구문으로 따라 들어갔는데 한밤중에 왜군이 달아났다. 이여송이 왜군을 놓아 보낸 허물을 아군에게 돌려보내어 크게 꾸짖고 그 일을 의주로 알렸다. 의주에서는 좌의정 윤두수를 보내어 문책하고 이빈이 이일의 벼슬을 받아 군사 삼천을 거느리고 이여송을 따라 경성으로 향하였다. 이때 대동강 남쪽으로부터 큰길을 지키고 있던 왜적이 다 도망했으므로 이여송이 비로소 왜군을 쫓아가고자 하였다. 그리고 체찰사 유성룡을 불러,

"우리 대군에게 양식과 말이 먹을 풀이 없다 하니 그대는 급히 준비하는 데 소홀함이 없도록 하시오."

성룡이 명을 듣고 급히 달려 중화를 지나 황주에 이르렀다. 이때 왜적이 물러간 지 이미 오래된 뒤였다. 길거리는 비어 있고 백성들이 거의

없으니 어찌할 방법이 없었다. 급히 황해 감사 유영성에게 부탁하여 김응서에게 평양에 있는 곡식을 운반하여 황주로 오게 하였다. 드디어 군량을 준비하여 대군이 이미 개성부에 이르렀다.

이때 경성에 머물고 있던 도적이 행여 우리나라 백성 가운데 내통하는 놈이 있을까 두려워 의심할 뿐 아니라, 또 평양이 패한 것에 화가 나서 나라 안 백성들을 하나하나 죽이고 장차 명나라 군사와 함께 싸우고자 하였다.

이여송이 군사를 내어 파주를 순찰하였다. 이날 부총사 대수가 우리 장수 고언백과 수백 군사를 거느리고 도적 백여 명을 베니 이여송이 듣고 장수들을 머무르게 하여 진을 지키라 하고, 다만 천여 군사를 거느리고 혜음령을 지나갔다. 적이 대군을 여석령에 숨어 있게 하고 다만 수백 군사를 거느리고 재촉하여 영상에 오르더니 문득 대포 소리가 산 뒤에서 나고 수만 복병이 내달아 어지러이 싸우니 명나라 군사가 대적하지 못하고 죽고 다치는 자가 많았다.

이여송이 급히 군사를 후퇴시켜 동쪽으로 돌아가려 하였다. 체찰사 유성룡이 우상 유홍, 도원수 김명원 등과 함께 이여송을 보고 말하였다.

"전쟁에서 이기고 지는 것은 보통 있는 일입니다. 마땅히 적의 기세를 살펴 다시 군대를 내보내야 하는데, 어찌 가벼이 물러나시오?"

이여송이 말하였다.

"우리 군사가 어제 적병을 많이 죽였으나 다만 이 땅이 비가 와서 물이 많아 진을 치기 불편하오. 그러므로 잠깐 동파로 돌아갔다가 다시 나아가는 것이 좋겠소."

하고 즉시 군사를 거두어 동파로 돌아왔더니 말들이 전염병에 걸려 만여 필이 죽었다. 이여송이 부총병사 대수에게 임진을 지키게 하고 동파로 갑자기 왔더니 전하는 말이 있어 적장 청정이 함흥에서 양덕 맹산을 넘어 평양을 공격하리라는 것이었다.

이여송이 북으로 돌아갈 마음이었다가 이 소식을 듣고,

"만일 평양을 잃으면 우리는 어디로 갈 것인가?"

하고 다만 왕필적으로 송도를 지키게 하고 이덕형에게 말하였다.

"이제 조선 군사 외로우니 빨리 군사들을 거두어 임진 북쪽으로 모으라."

전라 순찰사 권율(權慄, 선조 때 도원수. 임진왜란 때 행주산성 싸움에서 대승을 거둠. 시호는 충장)에게 행주목을 지키게 하고 도원수 김명원에게는 임진 남쪽을 지키게 하고는 이여송이 여러 곳 군마를 거두어들이려 하였다.

체찰사 유성룡이 이 소식을 듣고 급히 달려와 길 한가운데서 이여송을 보고 군사를 물릴 수 없는 다섯 가지 이유를 말하였다.

"선왕의 능이 도적의 소굴에 점령되었으니 어찌 버리겠소. 백성이 날마다 왕사(王師)의 이름을 바라다가 물러감을 들으면 다시 굳은 마음이 없어 도적에게 귀순할 것이오. 우리 토지를 조금이라도 버릴 수 없소. 우리 장사가 비록 미약하나 장차 명나라 대군의 위엄을 의지하여 싸우려고 하는데 이제 물러간다는 것을 알면 반드시 흩어져 버릴 것이오. 대군이 한 번 물러가면 적이 반드시 뒤따라올 것이니 임진 북쪽을 또한 지키지 못할 것이오."

이를 듣고 이여송이 그냥 돌아갔다.

권율이 행주산성에서 승리하다

전라도 순찰사 권율은 명나라 군사가 장차 물러가 경성으로 가려 한다는 것을 듣고 강을 건너 고양으로 행주산성에 올라가 진을 쳤다. 명나라 군사가 물러가니 적이 경성으로 쫓아와 행주에 이르러 산성을 치니 인심이 흉흉하여 달아나고자 하였으나, 강을 등졌기 때문에 감히 도망가지 못하고 죽을힘을 다해 싸우니 적이 대적하지 못하였다.

권율이 뒤를 따라와 수백 명을 베고 즉시 군사를 거느리고 임진에 이르렀다. 체찰사 유성룡이 권율에게 순변사 이빈과 합병하고 파주산성을 굳게 지켜 서쪽으로 가는 도적을 막게 하고 방어사 고언백, 이시언과 조방장 정희현 등에게 창릉(昌陵, 서오릉의 하나. 예종과 예종비 안순왕후의 능) 근처에 숨어 있게 하였다.

이때 만일 적병이 많이 오거든 피하고 적게 오거든 싸워 무찌르라 하니, 이로 인하여 적이 성 밖에 나오지 못하였다. 성룡이 또한 창의사 김천일(金千鎰, 의병장. 임진왜란 때 나주서 고경명 · 최경회 등과 의병을 일으켜 왜적 점령하의 서울에 결사대를 잠입시켜 큰 공을 세움. 이듬해 퇴각하는 왜군을 쫓아 진주성에 대진하다가 성이 함락되자 아들과 함께 남강에 투신함)과 경기 수사 정길 등과 배를 타고 용산 근처에 가서 강을 따라가는 왜적을 수없이 죽이니, 적의 기세가 많이 꺾였다.

이때 적이 경성을 지킨 지 이미 몇 년이 지났다. 수많은 백성이 굶주려 죽었다. 마침 성룡이 동파에 있음을 듣고 남은 백성들이 늙은이를 붙들고 어린아이를 이끌고 돌아왔다.

총병사 대수가 길가에서 어린아이가 죽은 어미의 젖을 빨아 먹는 것을 보고 참혹하게 여겨 아이를 거두어 군중에서 길렀다. 그리고 성룡에게 말하였다.

"왜적이 지금 물러가지 않고, 백성의 모습이 이렇듯 참혹하니 장차 어찌하리까?"

성룡이 슬퍼서 눈물을 흘렸다.

"왕이 이제 비록 구하고자 하나 모아 놓은 양식이 없고 남쪽에 기름진 밭이 물가에 있으나 명나라 군사가 장차 올 것이니 어찌 감히 다른 데 쓰겠소?"

하고 근심하더니 마침 전라도 소모관(召募官, 의병을 모집하는 임시 관직) 안빈학이 겉껍질을 벗기지 않은 곡식 천여 석을 배에 싣고 도착하였다. 성룡이 크게 기뻐하여 한편 진을 칠 뜻을 전하고 다른 한편으로 굶주린 백성을 구제할 때, 전군수 남진관을 감진관(監賑官, 흉년에 굶주리는 백성들을 구제하는 일을 감독하는 관직)으로 삼아 송엽 가루를 피죽에 섞어 백성들에게 먹였다. 사람은 많고 곡식은 적어 모두 구하지는 못하였다.

대수가 참지 못하여 군량 삼십여 석을 백성을 구제하는 데에 보태었으나 미치지 못하였다. 게다가 큰비가 왔다. 굶주린 백성의 신음 소리가 그치지 않았다. 이튿날 보니 죽은 자가 헤아릴 수 없이 많았다. 성룡이 탄식하며 사람들에게 이들을 땅에 파묻으라 하였다.

심유경이 왜군과 화친 교섭을 청하다

김천일의 군사 가운데 이시충이란 사람이 있었다. 그는 혼자 경성에 들어가 왜적을 정탐하여 두 왕자와 배행 황정욱 등을 찾아보고 돌아와 말하였다.

"적이 조약을 맺을 뜻이 있답니다."

오래지 않아 적장 평행장이 김천일의 진중에 글을 보내어 강화하기를 청하였다.

이때 천일이 수군을 거느리고 용산에 있었다. 천일이 그 글을 성룡에게 보내니 성룡이 명나라 장수 대수를 만나 이여송에게 보내 달라고 알렸다. 대수가 즉시 가정(家丁, 집에서 부리는 남자 일꾼) 이성을 통해 평양으로 보내니, 이여송이 즉시 보고 유격장군으로 심유경을 경성에 보내고,

"왜적의 동정을 탐지하라."

하고 뒤를 따라 대군을 거느리고 송도에 주둔하였다.

이때 심유경이 동파에 이르니 도원수 김명원이 유경에게 말하였다.

"적이 평양에서 속은 것이 분하여 반드시 좋은 뜻이 없을 것 같습니다."

유경이 웃으며 말하였다.

"적이 어찌 나를 죽이겠는가?"

하고 드디어 경성에 이르러 적장 평행장을 보고 말하였다.

"너희가 만일 강화하고자 한다면 먼저 조선 왕자와 배신을 돌려보내고 군사를 부산으로 물린 후 비로소 화친을 허락한다. 만일 그렇지 않으면 이제 곧 조선팔도 병사들이 쳐들어올 뿐만 아니라 천자가 분노하여

대군을 보내어 너희를 전멸하려 할 것이니, 일찍이 뜻을 거두고 본국으로 돌아가라. 만일 말을 듣지 않으면 하늘과 신령이 모두 노하실 것이다. 그러면 그때 비록 돌아가고자 해도 가지 못하리라."

평행장이 말하였다.

"그러면 우리 군사를 물려 본국으로 돌아간 후 중국이 조선과 함께 벼슬을 일본으로 보내어 화친을 맺으리라."

유경이 말하였다.

"실로 친교할 뜻이 있거든 조선 왕자와 그 신하들을 돌려보내라."

평행장이 허락하니 유경이 즉시 돌아왔다.

이때 청정이 함경도를 따라 경성에 돌아왔더니 행장이 청하여 군사를 거두고 돌아갈 일을 의논하였다. 그러자 청정이 말하였다.

"이제 어찌 그냥 물러나리오? 더 나아가 이여송의 항복을 받은 후 돌아가리라."

하고 즉시 날랜 장수 엄흥·이현을 불러 말하였다.

"너희가 장진에 나아가 이여송을 불러, 만일 군사를 거두고 본국으로 돌아가지 아니하거든 즉시 그 머리를 베어 오면 큰 상이 있을 것이다."

두 장수가 이 명을 듣고 각각 비수를 감추고 송도에 이르러 장영으로 들어갔다.

이때 이여송이 장중에서 머리를 빗고 있는데, 문득 은독 둘이 장중으로 들어오니, 이여송이 자객인 줄 알고 급히 한 손으로 빗던 머리를 붙들고 한 손으로 보검을 들어 은독에 숨은 적을 죽이니 무기가 서로 부딪치는 소리가 장막 밖에까지 들렸다. 장수들이 놀라 창 틈으로 엿보니 은독 셋이 장중에서 구르고 있었다. 모두 검술이 뛰어나 칼날 빛이 한데 어우러져 장수들이 감히 들어가지 못했다. 이윽고 이여송이 장수들을 불러 이것을 치우라 하니, 그제야 비로소 들어가 보니 두 사람의 시체가 있었다. 장수들이 놀라 말하였다.

"장막 안이 좁아서 들어와 돕지 못하였습니다. 도독의 권위에 상대가 안 되었군요."

이여송이 웃으며 말하였다.

"자객이 원래 칼쓰기를 넓은 곳에만 배워 장중에서 제대로 쓰지 못하여 내게 죽었으니, 만일 장막 밖에서 싸웠다면 힘을 많이 쓸 뻔하였다."

이때 진중에서 양식이 다 떨어져 굶어 죽는 자가 많았다. 평행장이 청정과 함께 뜻을 정하고 평조신, 평조강에게 충청도로 내려가 군량을 가져오게 하였다. 두 장수가 명을 듣고 일만 군사를 거느리고 남대문을 나와 청파로 향하는데, 문득 대풍이 일어나며 검은 기운이 적진을 둘러싸고 수많은 신병이 쫓아오는 것이었다.

대장 한 명이 왜장과 충돌하니 얼굴은 무른 대춧빛 같고 붉은 눈썹을 거스르고 한 손에 청룡도를 들고 적토마를 탔으니 위풍이 늠름하였다. 적병이 신위를 두려워하여 급히 달아날 때 서로 짓밟아 죽는 자가 수없이 많았다. 그 장수가 바로 남문으로 따라 들어와 동대문으로 쳐들어오더니 갑자기 간데없이 사라졌다. 평조신 등이 군사를 거의 잃고 겨우 목숨을 건져 돌아오니 평행장이 이 사실을 알고 크게 놀라 말하였다.

"이는 반드시 삼국 때의 관장이 다시 나타난 것이다. 전에 심유경이 이르되 우리가 만일 돌아가지 않으면 천신이 화를 낼 것이라 하더니 과연 그 말이 맞구나. 이제 만일 돌아가지 않으면 반드시 우리가 화를 당하겠구나."

하고 즉시 각 진에 전령을 보내어 군사를 거두어 도성을 떠나 분주하게 한강을 건너 삼남을 향하였다. 이때는 계사년 이월이었다. 이여송이 송도에 있으면서 왜적이 물러갔다는 소식을 듣고 대군을 거느리고 경성에 도착하였다. 방방곡곡에는 주검이 산같이 쌓여 있고 남은 백성의 모습은 귀신 같으니, 그 참혹한 모습을 어찌 다 기록하겠는가? 이여송이 처소를 남별궁으로 정하고 군사를 일찍 움직여 성안을 청소하고 안정하고자 할 때 종묘사직과 대궐과 각 사문이 불에 타 남은 것이 없었다. 오직 왜장 평수명이 머물러 있었던 남별궁만 남아 있었다. 유성룡이 먼저 종묘 터에 와서 통곡하고 이여송에게 찾아와 인사를 하고 물었다.

"적이 물러간 지 오래되었는데 도독은 어찌 그들을 쫓아 무찌르지 않고 계십니까?"

이여송이 말하였다.

"나 또한 그리고 싶은 마음이나 강에 배가 없어 걱정이오."

성룡이 말하였다.

"도독이 만일 그러시다면 제가 마땅히 배를 준비해 드리겠습니다."

이여송이 즉시 허락하니 성룡이 급히 강변으로 달려가 경기 감사 선영과 정걸 등에게 작고 큰 배를 모아 이미 팔십여 척을 구하였다. 급히 이여송에게 알리니, 이여송이 즉시 이여백과 함께 일만 군사를 거느리고 도적을 쫓아가니 여백이 강 위에 이르러 호령하고 성안으로 돌아와 버렸다. 사실 이여송이 도적을 더 이상 쫓지 말자고 한 데는 그 이유가 있었다. 그래서 여백이 도적을 쫓지 않은 것이다.

도적이 물러간 지 수십 일 후에야 비로소 왜군이 떠난 것을 전하고 이여송이 적병을 뒤쫓게 하니, 이는 사람들의 의논이 있을까 두려웠기 때문이다. 이여송이 비로소 적을 따라 문경에 이르니 도적이 이미 물러가서 울산, 동래, 김해, 웅천, 거제에 진을 치고 오랫동안 바다를 건너지 않았다.

이여송이 사천 총병 유경에게 곳곳에서 모집한 군사 오천을 거느리고 팔계를 지키게 하고, 이청 소승에게 거창을 지키게 하고, 갈봉 오유충에게 성주를 지키게 하고 자신은 경성에 돌아와 심유경을 일본에 보내어 관백을 보고 화친을 허락하였다. 적이 조선 왕자 둘과 배신 황정욱 등을 놓아 돌려보내고 한편 군사를 내어 진주를 둘러싸게 하였다.

"우리가 전에 패한 원수를 갚으리라."

임진년에 목사 김시민이 성을 굳게 지키게 하고 적을 많이 죽였기 때문에 이를 복수하기 위해서였다. 처음에 적병이 물러가니 조정이 장수들을 재촉하여 도적을 따르게 하니 도원수 김명원과 순찰사 권율과 곳곳의 의병장이 다 의령에 모여 의논하였다.

"권율이 한 번 행주에서 싸워 이기고 기세가 올라 그 힘을 뽐내고 있으니 강을 건너 따를 것이오."

의병장 곽재우와 전 양주목사 고언백이 말하였다.

"적의 기세가 세지고 아군은 원래 오합지졸이요, 양식이 다 떨어졌으니 나아갈 수 없겠소."

권율이 이를 듣지 않고 강을 건너 함안에 이르러 보니 성안은 비었고

또한 양식도 없어 군사들이 배고픔을 견디지 못해 다시 싸울 마음이 없었다. 정탐하는 군사가,

"왜적이 김해로부터 이곳으로 오고 있습니다."

하니, 함안을 지키자 하여 의논이 여러 가지였다. 문득 대포 소리 요란하게 일며 사람마다 크게 두려워 다투어 강을 건너는데, 이때 죽은 이와 피난한 백성과 여러 의병장들이 죽은 수가 육만여에 달하였다. 왜적이 쳐들어온 이후 이렇게 많은 사람이 죽은 적이 없었다.

이 난리를 진정시킨 후, 조정은 천일이 왕을 위해 죽었다 하여 의정부 우찬성 벼슬을 내렸고, 순찰사 권율이 도적을 두려워하지 않는다 하여 도원수로 임명하였다. 천병 의승 수정이 진주 점령 소식을 듣고 팔계에서 합천으로 오고 오유충은 초계에 이르러 우도를 보호하였다. 적이 이미 진주를 파괴하여 닭 한 마리 개 한 마리도 남기지 않고 부산에 들어가 이런 말을 전하였다.

"명나라 황제가 만일 강화 조약을 맺으면 기다렸다가 바다를 건너가리라."

임금이 이여송을 위해 잔치를 베풀다

이여송이 사람을 의주에 보내어 임금을 청하니 임금이 즉시 의주를 떠나 도성에 이르렀다. 성곽이 다 무너지고 백성이 거의 없자, 임금이 눈물을 흘리며 슬피 울었다. 임금이 이여송에게 공로를 칭찬하고 잔치를 베풀어 대접하였다. 천자가 사자를 보내어 왕상과 이여백을 위로하

고 용포(龍袍)를 임금에게 선사하고 이여송에게 군사를 위로할 은전과 음식을 주니 임금과 이여송이 북쪽을 향해 네 번 절하고 다시 술을 서로 권하며 마셨다. 이여송이 계수나무 버러지 삼십 마리를 상 위에 내어 놓고 말하였다.

"이 버러지는 서촉 회자국에서 공물로 바친 것이오. 하나의 값이 삼천 냥이며, 사람이 먹으면 천천히 늙는다 하니, 조선 왕을 각별히 대접하여 특별히 보내시는 것입니다."

하고 젓가락을 들어 그 버러지 허리를 집으니, 버러지가 발을 허우적거리며 괴이한 소리를 질렀다. 그 부리는 검고 빛은 오색을 겸하였으니 보기에 참으로 황홀하였다. 임금이 처음 보았기에 한참 먹지 못하고 주저하였다. 그러자 이여송이 웃으며 말하였다.

"세상에 희귀한 진미(珍味)를 어찌 드시지 않으십니까?"

이여송이 그것을 집어 먹으니 보는 사람마다 얼굴을 가리고 눈썹을 찡그렸다. 임금이 가장 부끄러운 생각이 들어 얼굴빛이 변하였다.

판중추부사 이항복이 급히 장막 밖에 나와 사람을 시켜 생낙지 일곱 마리를 얻어 오게 하여 쟁반에 담아 임금에게 올리니, 젓가락으로 집어 들 때 낙지발이 젓가락을 감고 또 수염을 감았다. 임금이 이것을 이여송에게 권하니 이여송이 낙지의 거동을 보고 눈썹을 찡그리고 먹지 못하였다. 이에 임금이 웃으며 말하였다.

"대국 계수나무 버러지와 소국 낙지를 서로 비교해 보니 어떠시오?"

이여송이 크게 웃고 다른 말을 하였다.

이때 경상 병사 김응서가 잔치에 참여하였다가 나와 말하였다.

"오늘 이 잔치에 즐길 것이 없으니 소장이 검술을 시범 보이고자 합니다."

여송이 허락하자, 응서가 즉시 빛나는 군복을 입고 두 손에 비수(匕首)를 가로로 잡고 대명전 월대에서 검술을 시작하였다. 중국 사람과 우리나라 사람이 둘러서서 구경할 때 검의 칼날이 빛나며 응서의 몸을 둘러싸고 백설이 날리듯 하였다. 갑자기 사람은 보지 못하고 은독 하나가 공중에서 굴렀다. 이를 보는 사람은 모두 칭찬하였다. 이윽고 응서가 검무를 마치고 앞으로 나아가 이여백에게 말하였다.

"소장의 솜씨가 삼국의 관장에 비하면 어떠합니까?"

여백이 말하였다.

"네 어찌 이런 오만한 말을 하는가. 너희 열 명이 내 부장 낙상지를 당하지 못하고 낙상지 열이 나를 당하지 못하는데, 나 열이 관장을 당하지 못하리니 네 비록 종일을 죽였지만 어찌 관장에 비하겠느냐?"

응서가 부끄러워 물러났다.

한편 심유경이 일본에 들어가 소섭과 함께 관백의 항표(降表)를 가지고 중국에 돌아오니 명나라 조정에서는 거짓 항표라 하여 의심하였다. 오래지 않아서 적이 진주를 점령하니 그 얼마나 허탈한가? 중국이 소섭을 요동에 두고 오래 소식을 보내지 않았다.

이때 이여송이 장수들을 데리고 돌아가고 오직 사천 총병 옥정과 남성 장사 오유충, 왕필적 등이 각각 한 갈래 군사를 거느리고 성주 등을 돌며 살폈다. 노약자는 군량 운반하기에 지쳐 있고 장정은 싸움에 지쳐 있을 뿐 아니라 전염병이 돌아 백성이 거의 다 죽게 되었고 사람을 서로 잡아먹었다.

왜군이 물러나기를 거부하다

유정 등이 군사를 남원에 옮겼다가 오래지 않아서 경성에 와 십여 일을 머물다가 돌아갔다. 그런데 적은 오히려 해상에 버티고 있으니 민심은 여전히 흉흉하였다.

조선이 다시 청병사를 명나라 조정에 보내었다. 경략사 송응창이 죄를 짓고 돌아가고, 고양겸이 요동에 가서 부장 호척으로 하여금 우리나라에 글을 보내게 하였는데, 그 내용은 이러하였다.

왜적이 호흡 사이에 조선 삼도를 점령하고 왕자와 그 신하들을 사로잡으니 천자께서 크게 놀라 군사를 일으켜 죄를 묻고자 하였으나, 적이 제왕의 위엄을 두려워하여 왕자와 배신을 도로 돌려보내고 마침내 멀리 도망하니 조정이 소국을 대접하심이 이에 지나지 못할 것이오. 이제 군량을 얻지 못할 것이요, 군사를 또한 다시 쓰지 못할 것이라. 왜적이 또한 천위를 두려워하여 항복하기를 청하고 또한 공물을 바치니 천조가 다시 침략하지 않게 하려 하니, 이는 천조가 조선을 위하여 하는 대책이오. 이제 조선이 양식이 다하여 사람이 서로 먹는다 하오. 스스로 힘을 헤아리지 아니하고 다시 군사를 청함은 무슨 까닭인가? 대국이 이제 군사와 양식을 내주지 아니하고 또 왜적 섬기기를 그치면 적이 반드시 노할 것이니 조선이 어찌 화를 면하겠는가. 모름지기 일찍이 멀리 내다보고 계교를 정하라. 옛날 월왕 구천이 회계(중국 절강성 소흥 남쪽에 있는 지명. 오왕 부차가 월왕 구천을 포위한 곳)에서 지쳐 있을 때 어찌 오왕 부차의 고기를 먹고자 하지 않았겠는가. 그러나 오히려 분을 참고 욕을 견디어 마침내 원수를 갚았다 하니 이제 조선의 임금과 신하가 분을 참고 와신상담(臥薪嘗膽, 섶에 누워 쓸개를 맛본다는

뜻. 원수를 갚으려고 괴롭고 어려움을 참고 견딘다는 의미. 구천이 어려움을
참고 견딘 끝에 원수를 갚고 나라를 회복한 고사에서 나온 말)하기를 생각
하고 하늘의 뜻이 제대로 돌아오기를 바란다면, 어찌 복수할 일이 없
겠소.

　호척이 관중에 머무른 지 한 달이 넘었어도 조정에서 이를 결정하지
못하였다. 유성룡이 임금 앞에서 말하였다.
　"왜인이 봉공(封貢, 책봉을 받고 조공을 바침)을 청하는 건 대의에 어긋나는
일이옵니다. 마땅히 최근의 사정을 자세히 알려 명나라 조정의 처분을
기다리게 하소서."
　임금이 그 말을 따르기로 하고, 허유를 지주사(知奏事, 승지. 왕명의 출납
을 맡은 관리)로 삼아 즉시 길을 떠나게 하였다. 명의 천자는 일본 사신 소
섭을 황경(皇京, 중국의 천자가 살고 있는 곳)으로 불러 세 가지 일을 언약하였
다. 하나는 왕으로 책봉하는 것은 허락하나 공물 바치는 것은 허락하지
않으며, 둘째 한 명도 부산에 머무르지 말 것, 셋째 다시 조선을 침략하
지 말 것 등이다. 소섭이 하늘을 가리키며 맹세하여 약속하기를 따르니,
천조가 심유경에게 소섭과 함께 왜군의 진지에 가서 그 뜻을 권하라 하
고, 이종성과 양방현을 상부사로 삼아 일본에 보내어 평수길을 왕으로
삼고, 종성 등은 조선에 머물러 있게 하여 왜군이 다 돌아간 후에 오라
하였다.
　을미년 사월에 명나라 사신 종성 등이 조선에 도착하여 왜군을 서둘
러 자기 나라로 돌려보내려고 했다. 왜군이 거제와 웅천에 주둔했던 두
어 진을 거두어 약속을 지키려는 듯이 하며 말하였다.

"평양에서 속았으니 명나라 사신이 왜진에 온다면 약속을 지키리라."

팔월에 양방현이 먼저 부산에 이르렀으나 왜군이 오히려 떠나기를 미루고 다시 사신을 청하니 의심하는 사람이 많았는데, 병부 상서 석성과 심유경이 말하였다.

"왜군이 별로 다른 뜻이 없다."

하고 또 서둘러 물러가게 하라고 여러 번 이종성을 재촉하였다. 부사 양방현이 홀로 대진에 있으면서 여러 왜군을 불쌍히 여겨 물질적으로 도와주고 우리나라에게는 가벼이 행동하지 말라 하고, 심유경이 돌아오기를 기다렸다.

이종성이 왜진을 떠나 도망할 때 감히 대로로 가지 못하고 성주로 따라가서 경성에 이르러서야 서쪽으로 돌아갔다. 양방현이 왜진에 머무른 지 몇 개월이 지난 후 심유경이 돌아와서 겨우 촉도에 주둔하였던 왜군을 거두고 다만 부산에 있는 군사만 거두지 않고 양방현과 함께 바다를 건너갈 때 심유경이 우리 사신을 데려가고자 하여 그 조카 심우지를 보내어 재촉하였다.

조정이 반기지 않고 무신이 함께 가려고 하니 무신 이봉춘을 사신으로 보내었다.

"무신이 문사에 익숙하지 못하여 잘못하는 일이 많을 것이니 문관 중 일을 처리할 만한 이를 골라서 보내라."

이에 황신을 사신으로 삼아 보내기로 하니, 심유경 등이 조선 사신과 함께 일본으로 향했다. 일본에 이르러 관백을 보니, 평수길이 처음은 위엄 있는 모습을 갖추어 봉작(封爵, 제후에게 영지를 주고 관직과 작위를 내리던 일)을 받으려 하다가 홀연 좌우에게 물었다.

"조선 사람은 어떤 사람인가?"

소섭이 대답하였다.

"이는 조선 말짜 신하 황신과 이봉춘입니다."

수길이 매우 화를 내며 말하였다.

"내 일찍 조선 왕자를 돌려보냈는데 조선이 마땅히 왕자를 보내어 사례하지는 않고 이제 지극히 낮은 신하를 사신으로 삼아 보내었으니 이는 나를 업신여기는 것이다."

하고 즐겨 왕작을 받지 않았다.

황신 등이 능히 임금의 편지를 전하지 못하고 즉시 양방현·심유경과 함께 재촉하여 돌아올 때 또한 천조의 은혜에 감사하는 것이 없었다. 청정이 뒤를 따라 대군을 거느리고 부산에 이르러 말을 전하였다.

"만일 조선 왕자가 사례하지 않으면 우리 또한 군사를 물리지 않겠다."

이것이 평수길이 바라는 바였다. 명나라 천자가 봉작만을 허락하니 수길이 이에 불만을 품고 군사를 물리지 않았다.

처음부터 심유경이 왜진에 출입하여 다니면서도 평행장에게 제대로 뜻을 전하지도 못하고, 임시로 여기저기에 끌어다 맞추어 말을 전했을 뿐 제대로 사실을 알리지 않았다. 따라서 명나라 천자와 우리나라는 그에게 속고 있었던 것이다. 이에 우리나라가 사신을 명나라 천자에게 보내어 그 일을 자세히 알리니, 병부 상서 석성과 심유경이 다 죄인으로 끌려가고 명나라 군사가 다시 나왔다.

이순신이 원균의 모함을 받다

처음에 경상 수사 원균은 통제사 이순신이 구해 준 것에 감사하며 서로 좋은 사이가 되었는데, 오래지 않아서 서로 공을 다투게 되면서 틈이 생겼다. 조정이 원균을 옮겨 충청 병사로 삼았더니, 원균의 성격이 워낙 시기심이 많고 음험할 뿐 아니라 순신의 벼슬을 뺏고자 하여 순신을 이렇게 모함하였다.

"순신이 처음에 나를 구하지 않으려 하다가 내가 괴롭게 청하니 경상도에 이르러 크게 이겼으나 이는 실로 나의 공이다."

이때 원균처럼 순신을 훼방하는 자도 많았으나, 이원익만은 그렇지 않았다.

"순신이 원균과 함께 각각 경계를 지켰으니 처음에 즉시 나오지 아니한 것은 괴이한 일이 아니다."

병신년에 이르러 적장 평행장이 거제에 진을 치고 순신의 군사를 꺾기 위해 온갖 계책을 쓸 때, 부하 장수 요시라에게 그들의 사이를 이간질하는 계교를 쓰라 하니, 경상 병사 김응서의 진중에 들어가 응서를 보고 은근히 말하였다.

"우리 주상 평행장이 본래 강화할 뜻이 있으나, 청정이 홀로 싸움을 주장하니 이로 인하여 서로 틈이 있으므로, 우리 주상이 반드시 청정을 죽이고자 하오. 오래지 않아 청정이 다시 나오리니 우리가 즉시 소식을 전하거든 조선이 통제사가 군사를 거느리고 나와 치면 청정을 벨 수 있을 뿐만 아니라 조선의 원수를 갚고, 또한 우리 주상의 한을 씻을 수 있을 것이오."

이러한 거짓말을 하였다. 응서가 그 일을 조정에 알리니 조정도 그 말을 믿을 뿐 아니라, 유근수 더욱 그 말을 주장하여 기회를 잃지 않으려 하고, 여러 번 청하여 이순신에게 나아가 청정을 치라 하였다. 또 도원수 권율이 한산진에 이르러 순신에게 말하였다.

"그대는 마땅히 요시라의 언약을 따라 기회를 잃지 말라."

순신이 이미 간사한 도적의 계교인 줄 알고 여러 날 주저하고 나아가지 않더니 정유년 정월에 이르러 운천에서 글을 보내왔다.

이번 달 십오 일에 적장 청정의 배가 이미 장문도에 이르렀다.

그리고 요시라가 또 말하기를,

"청정이 이미 육지에 내렸으니, 기회를 잃었으니 참으로 아깝구나."

하고 거짓 안타까워하였다. 조정이 듣고 그 허물을 순신에게 돌려보낼 뿐 아니라, 대간이 죄인을 잡아 엄중히 죄를 묻기를 청하였다. 현풍 현감 박성이란 사람이 또한 상소하여 순신을 베라고 하였다. 임금이 즉시 금부도사를 보내어 이순신을 잡아오게 하고, 원균을 통제사에 임명하였다. 그리고 사실 그대로인지를 알기 위해 어사(御使)를 보내어 염탐하게 하니, 어사가 출발하여 전라도에 이르러 보니 수많은 백성이 다투어 길을 막고 순신의 억울함을 알리나, 어사가 사실대로 알리지 않고 다만 이렇게 말하였다.

"청정의 배가 바다 가운데 걸려 칠 일을 움직이지 않고 있는데, 아군이 만일 이때 나아갔다면 반드시 그를 사로잡았을 것입니다. 이순신이 짐짓 이를 그대로 두어 좋은 기회를 놓쳤습니다."

이날 김명원과 판부사 정탁(鄭琢, 이순신, 곽재우, 김덕령 등 명장을 발탁하였음)이 경연(經筵, 임금 앞에서 경서를 강론하는 자리)에 들어가서 아뢰었다.

"왜적이 물에 가장 익숙한데, 어찌 칠 일을 바닷길에 걸려 있겠습니까? 이 말이 실로 거짓인가 합니다."

임금이 말하였다.

"내 뜻과 같구나. 그 실상을 깊이 살펴 밝히라."

그 후에 원균이 패하고 순신이 다시 통제사가 되어 대공을 세우고, 전에 어사였던 자가 옥당(玉堂, 홍문관을 일컬음) 벼슬을 하여 관청에 들어가게 되었다. 동료가 조용히 물었다.

"왜적의 배가 바다에 칠 일 동안 걸려 있었다 함을 어느 곳에서 들었는가? 나 또한 호남의 어사가 되어 갔으나 이 말은 일찍이 듣지 못하였네."

그 어사가 제대로 대답하지 못하다가 가장 부끄러워하였다.

정유년 이월에 순신이 명을 받고 경성으로 향할 때 길가의 군민이 길을 메우고 말하였다.

"이제 장차 어디로 가십니까? 우리들이 이로부터 죽음을 면치 못하겠습니다."

순신이 이미 나서서 경성에 이르자, 어떤 사람은 말하였다.

"임금께서 노하시고 조정 의논이 또한 대단하니 일을 헤아릴 수가 없겠구나."

순신이 말하였다.

"죽고 사는 것은 운명에 달렸으니 어찌 죽음을 두려워하리오."
하였다.

이순신이 옥중에 들어가자 누가 이렇게 말하였다.

"뇌물이 있으면 죽기를 면할 것이오."

그러자 순신이 말하였다.

"죽을 운명이 다가오면 마땅히 죽을 각오를 해야겠지요. 어찌 뇌물을 주고받아 구차하게 살기를 꾀하겠소?"

이때 순신의 장수들의 친족이 다 경성에 있었다. 순신이 하옥된 것을 보고 행여 연루(남이 저지른 범죄에 연관됨)될까 두려워하였다. 순신이 문초를 당하여 다만 자초지종을 자세히 이야기할 뿐 조금도 다른 사람을 증인으로 내세우지 않았다. 그러니 듣는 사람마다 탄복하였다. 임금이 금오당상(金吾堂上, 의금부의 당상관. 금부도사)에게 순신의 죄를 한 번 캐물은 후에 대신들에게 그 죄를 의논하라 하니, 판중추부사 정탁이 아뢰었다.

"순신은 명장이라, 여러 번 큰 공을 세웠으니 죽일 수는 없사옵니다. 군정의 이로움과 해로움은 멀리에서 헤아릴 바 아니오니, 잠깐 관대하게 용서하시어 후에 공을 세워 속죄하게 하소서."

임금이 그 말에 따라 잠깐 벼슬과 품계(品階, 왕조 때의 벼슬의 등급)를 빼앗고 도원수 권율 아래에서 충군(充軍, 죄인에 대한 처벌 방법으로 군에 복무하게 하던 제도)하게 하였다.

원래 순신의 노모의 나이 구십이라 충청도 아산 땅에 있다가 순신이 감옥에 갇혀 있다는 소식을 듣고 놀라서 그만 세상을 떠났다. 순신이 옥에서 나와 권율 도원수의 진중으로 갈 때 길이 아산을 지났다. 잠깐 들어가 상복을 입고 바로 길을 떠나면서 크게 통곡하여 말하였다.

"이제 충효(忠孝)를 잃으니 어찌 슬프지 않겠는가?"

정유년 오월에 천자가 다시 군사를 내어 병부 상서 형개를 군무총독으로 삼고 요동 조정사 양원호를 경리로 삼고, 총병관 마귀를 제독으로 삼아 조신을 구하러 왔다. 이내 부장 동일원·유정 등이 각각 일군을 거느리고 먼저 이르러 전라도로 내려가 남원을 지키니 대개 영남은 호남을 왕래하는 길이요, 성이 자못 굳건하였다. 그러므로 지켰다. 성 외에 곤룡산성이 있으니 장수들이 이곳을 지키고자 하나 양원호가 들어와 해자를 깊이 파고 말 기르는 곳을 만들어 오래 지킬 뜻을 보였다.

원균이 왜군에 패하여 달아나다

이순신이 한산도에 있을 때 건물을 하나 짓고 우주당이라 하고, 장수들과 그 집에서 의논할 때 자기는 작은 군졸이라며 자기를 낮추어 심정을 말하곤 했다. 그런데 원균이 통제사가 되니 모든 기생들을 우주당에 모으고 담을 둘러싸고서 바깥과 별개로 지내는 것이었다. 장수들이 그 얼굴을 보지 못할 뿐 아니라, 균의 천성이 잔인하고 포악하여 형장을 지나치게 하니 군사들의 마음이 바뀌기에 이르렀다.

'적병이 이르면 도주할 수밖에 없겠다.'

칠월에는 왜적이 이간질하는 계교를 취하여 이순신을 해치고 또 경상병사 김응서의 진에 가서,

"왜군이 장차 청정의 뒤를 따라 나오는데 조선이 이번에 기회를 잃지 말고 군사를 준비하였다가 치라."

하는데, 권율이 그 말을 믿었다. 예전에 이순신이 이미 오래 머물러 있으면서 나가지 않아 죄인이 된 바 있었다. 이제 권율이 싸우러 나갈 것을 재촉하자 원균이 순신을 함정에 빠뜨려 해치고 그 대신 통제사가 되었으므로, 형세가 비록 어려우나 마지못하여 군사를 거느리고 앞으로 나아갔다.

적이 언덕 위에 영채를 세우고 우리나라 배가 도착한 것을 보고 서로 전하여 소식을 통하였다. 원균이 배를 재촉하여 절영도에 이르렀더니 풍랑이 크게 일어났다. 그러나 날이 이미 저물었고 전면을 바라보니 왜선 수백 척이 바다 가운데 출몰하고 즐겨 나오지 않으니, 균이 군사들을 총지휘하여 싸우고자 하였다. 그러나 배에 탄 사람들은 한산도로부터 종일토록 배를 저어왔다. 피곤하고 또 기갈이 심하여 능히 배를 움직이지 못하였다. 또 적이 즐겨 싸우지 아니하더니 해가 저물어 밤이 되자 배들이 이리저리 떠돌아 지형을 알지 못하게 되었다.

원균이 겨우 남은 배를 거두어 가고 있는데, 가덕도에 이르러 중군이 다 목이 말라 견디지 못하여 다투어 배에서 내려 물을 먹었다. 이때 적병이 그 섬에서 달려나와 싸우게 되니 원균이 장사 백여 명을 잃고 거제 칠천도로 물러났다. 그러자 도원수 권율이 원균을 불러 큰 소리로 꾸짖었다.

"네 일찍 이르기를 이순신이 싸움을 잘 못하고 도적을 두려워한다 하더니, 너는 왜 지금 나가서 싸우지 않는가?"

원균이 진중에 돌아와 분노를 이기지 못하여 술에 취하여 장중에 누웠다. 장수들이 이를 보지 못하고 군사들에게 분부하여 쉬게 하였다. 이 밤에 적의 배가 도착하여 군사를 사방에서 에워싸고 군사들을 죽이니 원균의 군사가 당황하여 사방으로 흩어졌다. 원균이 크게 놀라 작은 배를 타고 도망하여 해변 언덕에 올라 대구로 달아났다. 그러나 몸이 어찌나 살찌고 둔한지 제대로 달려가지 못하고, 길가의 소나무 허리를 안고 감히 일어나지 못하였다. 그래서 따르던 종자들도 헤어져 버렸다. 어떤 이들은 말하기를

"도적의 해를 만났다."

고 하기도 하고, 또 다른 이들은

"멀리 도망갔다."

고 하기도 하여 참인지 거짓인지 알 수가 없었다.

전라 우수사 이억기가 대진이 패한 것을 보고 힘써 싸우다가 적의 기세가 급한지라, 벗어나지 못할 줄 알고 물에 빠져 죽었다. 이렇게 삼도가 여러 차례 도적에게 점령되고, 적의 기세는 더욱 강해졌다.

사실 그전에 경상 수사 배설이 여러 번 원균에게 패할 형세를 일러 주었으나, 원균이 즐겨 듣지 않았다. 그날도 배설이 원균에게 이렇게 말하였다.

"칠천도는 물이 얕아 왕래하기가 불편하니 진을 다른 데로 옮김이 좋겠소."

그래도 원균이 듣지 않았다. 배설이 애가 닳아서 가만히 본부에 있는 배들을 모으고 다만 변이 일어날 때를 기다리다가 적병이 쳐들어오자마

자 급히 달아나 버렸다. 그 바람에 군사들만 본부를 지키게 되었다.

배설이 난을 피하여 즉시 양식과 말 먹일 풀에 불 지르고 도중에 있는 백성을 멀리 피난하게 하였다. 한산도는 이미 패하여 적이 승승장구하여 남해 순천을 점령하고 이어 군사를 몰아 남원을 둘러싸니 호남과 호서 지방이 진동하였다.

적이 우리나라에 들어오면서부터 오직 우리 수군만을 어쩌지 못하더니 평수길이 평행장을 꾸짖었다.

"반드시 수군을 이기라."

행장이 이순신을 죄인으로 몰고 또 원균을 유인하여 군중의 허실을 탐지한 후 드디어 공격하여 쳐부수니 그 계교가 이러한데, 우리나라는 알지 못하고 그 계교에 빠져 이렇게 되었으니, 안타깝기만 하다.

이순신이 다시 통제사가 되다

이때 이순신이 권율을 따라 초계에 있었는데, 원균이 패하였다는 소식을 듣고 권율이 급히 이순신을 진주에 보내어 군사를 모집하라 하였다. 팔월 초삼일 조정이 비로소 한산도에서 패한 것을 듣고 사람마다 놀라서 뭐라고 할 줄을 몰랐다. 임금이 신하들을 불러 의논하니 여러 신하들이 감히 대답하지 못하였다. 그러자 경림군 김명원과 병조판서 이항복이 아뢰었다.

"이는 진실로 원균의 죄입니다. 다시 이순신에게 삼도 수군을 총지휘케 하소서."

임금이 그 말을 따라 순신을 부모 상중(喪中)이기는 하나 통제사를 삼으니 흩어진 장수들이 이 소식을 듣고 점점 모여들었다. 순신이 즉시 군관 십여 명과 군사 수십 명을 거느리고 진주에서 급히 달려 옥과에 이르니 도내 백성들이 길에 나와 순신의 오는 모습을 바라보고 건장한 군민은 그 처자에게,

"우리 사또 오셨으니 너희들이 죽기를 면했구나. 우리는 먼저 가겠으니 너희는 뒤에 오라."

하고 따라나섰다.

순신이 순천에 들어가니 백성들 중 따르는 자가 수없이 많았다. 병기를 수습하여 보성에 이르니 군사 이미 수백 명이었다. 드디어 해평도에 이르니 배가 겨우 십여 척이 있었다. 즉시 전라 우수사 이억기를 불러 배를 수습하게 하고, 또 장수들을 불러 빨리 배를 만들어 군용을 돕게 하고 드디어 약속하여 말하였다.

"우리가 왕명을 받았으니 마땅히 죽기를 각오하고 나라를 위해 싸우리라."

하니 모든 장졸들이 모두 감동하였다.

이순신이 배를 거느리고 어란포에 이르니 배 십여 척이 나와 아군을 공격했다. 순신이 금고를 울리고 기를 휘두르며 배를 재촉하여 싸워 나아가니 적이 대적하지 못하고 각각 배를 돌려 달아났다. 순신이 적군을 물리치고 장수들을 모아 충성의 눈물을 흘리며 말하였다.

"순신이 나라의 은혜를 망극하게 입었소. 성은(聖恩) 갚기를 소망하나 미치지 못할 것이오. 지금 여러 장수들의 힘을 입어 다행히 도적을 물리

쳤으나 원균이 기강을 흩뜨려 놓은 뒤를 이었으니, 각 영채에 지휘하여 싸울 기계를 준비하였다가 불의의 변을 막아라."

장수들이 또한 눈물을 흘리고 명을 들어 배와 화포를 정비하고 기다렸는데, 과연 그날 밤에 적의 배가 들어왔다. 파수꾼이 이 사실을 급히 알려 말을 탄 군사를 이미 준비하였다.

이순신이 드디어 전선을 거느리고 어란포에 이르니 적의 배가 십여 척이 나와 아군을 공격하고자 하나 순신이 징과 북을 크게 울리고 깃발을 휘두르며 배를 재촉하여 나아가니 도적이 대적하지 못하였다. 순신이 뒤를 따라가서 무찔러 크게 이겼다. 드디어 진도 벽파진에 진을 치고 경상 우병사 배설과 도적을 쳐부술 계책을 의논하였다. 배설이 말하였다.

"수군의 힘이 외롭고 일이 급하였으니 마땅히 배를 버리고 육지에 올라 영남으로 나아가 도원수의 진중에 의지하여 싸움을 돕는 것이 좋겠습니다."

순신이 이 말을 듣지 않았다. 배설이 군사를 버리고 도망하려 하니, 순신이 배설을 사로잡아 목을 베었다. 그리고 앞으로 나아가고자 하는데, 홀연 적의 배 백여 척이 우리 군사를 향하여 나왔다. 순신이 맞아 싸워 일진을 무찌르고 군사를 몰아 나아가니 왜적이 대적하지 못하고 달아났다. 순신이 즉시 징을 울려 군사를 거두고 명하였다.

"오늘 밤 도적이 반드시 우리 진을 습격할 것이니 장수들은 모두 준비하였다가 변을 기다리라."

이날 적이 과연 이경에 진 앞까지 와서 대포를 터뜨리니 그 소리가 커서 우리 군이 놀라기는 했으나, 이미 싸울 준비가 다 되어 있었다. 또한 공중으로 대포를 쏘아 서로 대응하니 적이 우리 군사를 가벼이 칠 수 없음을 알고 물러났다. 그래서 밤에 경계하며 한산도에 의지할 수 있었다.

이때 조정에서 수군으로는 힘이 외로워 도적을 막지 못하리라 여기고 순신에게 육지에 내려와 싸우라 하였다. 순신이 즉시 아뢰었다.

"임진년에서 지금까지 육 년간 도적이 제멋대로 행동하지 못한 것은 우리 수군이 중요한 고을을 잘 지켰기 때문입니다. 신이 이제 배 수십여 척이 있으니 만일 수군을 거느리고 죽기를 각오하고 싸운다면 이길 수 있고, 만일 수군 없이 왜적이 호남과 호서를 따라 한강에 이른다면 어찌 두렵지 않겠습니까? 그러나 신이 죽기 전에는 왜적이 감히 우리를 업신여기지 못할 것입니다."

정유년 구월 십육 일에 전선 수백 척이 바다를 덮어 나오니 순신이 장수들과 함께 배 십여 척을 거느리고 맞아 싸우려 할 때 거제 현령 안위가 가만히 도망치려 하였다. 그러자 순신이 뱃머리에 서서 크게 불러 말하였다.

"안위는 어찌 국법에 죽고자 하느냐?"

안위가 황망히,

"어찌 감히 힘을 다하지 않겠습니까?"

하고 말하며 힘을 다하여 적진 중에 달려들어 싸웠으나 배 사오백 척이 안위를 사방으로 에워쌌다. 이를 보고 순신이 안위를 구원하러 네 척을 거느리고 갔다. 곧 적의 배 수백 척이 순신을 에워싸므로 어지럽게 싸우는데, 이때 포성이 천지에 진동하고 함성이 세상을 뒤덮었다.

순신이 누각에 높이 올라가 몸소 채를 잡아 북을 울리며 돌과 화살을

두려워하지 않고 싸움을 돋우니 군졸들이 더욱 힘을 내어 죽기를 두려워하지 않고,

"우리 사또 나라에 충성을 다하기를 이같이 하시니 우리가 어찌 죽고 사는 것을 돌아보겠는가?"

하고 말하며 한마음으로 힘을 합하여 십여 합을 싸우니 하나가 열을 당하고 백이 천을 당하였다. 이소역대(以小易大, 작은 것을 큰 것과 바꿈. 여기서는 적은 군사로 대군과 엇비슷하게 싸운 것을 의미함)하여 사시(巳時, 오전 9시~11시)부터 신시(申時, 오후 3시~5시)까지 싸워 서로 승부를 결정짓지 못하였다. 초경(初更, 저녁 7시~9시)이 되어 적이 잠깐 물러가니 순신이 기세가 올라 일진을 물리쳐 적의 배 네댓 척을 무찌르고 연이어 따르니 적이 크게 패하여 달아났다. 이리하여 모두가 순신을 더욱 존중하게 되었다.

이날 순신이 진을 옮기고 승전고를 임금께 알리니, 임금이 크게 기뻐 상을 내렸다. 임금이 기뻐하여 벼슬을 더하려 하자 모든 신하들이 아뢰었다.

"다시 성공한 후에 하심이 좋겠습니다."

임금이 이를 따라 다만 장수들을 위로하였다.

순신이 면의 원수를 갚다

순신의 막내아들 이름이 면이었는데, 용기와 힘이 있고 말을 타며 활을 잘 쏘아 순신이 가장 사랑하였다. 정유년 구월에 면이 어머니와 집에 있더니 적이 불의에 이르렀음을 듣고 친구들과 함께 나와 도적 수십 명

을 쳐 죽이고 뒤를 따랐다가 왜군의 복병을 만나 어지럽게 싸우다가 마침내 왜군의 손에 죽었다. 순신이 이 소식을 듣고 비통해하였다. 이로 인하여 정신이 날로 없어지고 스스로 기운을 수련하여 억제하였다.

순신이 하루는 책상에 의지하여 잠깐 졸고 있는데, 갑자기 죽은 면이 앞에 나타났다.

"소자를 죽인 도적을 부친이 어찌 죽이지 않으십니까?"

순신이 대답하였다.

"네가 살았을 때는 용기와 담력이 있더니, 비록 죽었다 하나 어찌 원수를 갚지 못하느냐?"

면이 울며 대답하였다.

"소자는 이미 적의 손에 죽었으나 혼백이라 감히 원수를 죽이지 못합니다."

순신이 다시 묻고자 하였다가 문득 놀라 깨어 보니 꿈이었다. 장수들을 불러 꿈 이야기를 하니 다들 슬픔을 이기지 못하였다. 또 몸이 피로하여 책상에 의지하니 비몽사몽간에 면이 또 앞에 나와 말하였다.

"부친이 어찌 소자의 원수를 갚지 않으시고 그 도적이 진중에 들어와 있는 것을 용납하십니까?"

하고 크게 통곡하니 순신이 놀라 깨어 마음에 가장 괴이하게 여겨 모두에게 말하였다.

"진중에 행여 사로잡아 온 군사가 있는가?"

모두가 대답하였다.

"오늘 아침 적군 한 명을 잡아 배 안에 가두었습니다."

순신이 즉시 잡아들여 적군의 이야기를 들으니 과연 면을 죽인 놈이었다. 드디어 사지를 찢어 죽여 면의 원수를 갚았다.

육지에서는 왜군에게 패하다

양원호 등이 남원을 지키니 한산에서 패한 후 왜군이 수륙으로 크게 나오니 성안이 흉흉하여 도망하는 자가 많았다. 오직 양원호가 삼천 군사를 거느리고 더불어 굳게 지키는데, 적이 성을 둘러싸고 급히 쳐들어왔다.

양원호 등이 굳게 지키고 나아가지 않더니 성안에 양식이 점점 없어지고 구원병이 오지 않자, 군사들의 마음이 흉흉하여 어찌할 바를 몰랐다. 이날 밤 성 밖에 함성이 크게 일며 일시에 성안을 향해 조총을 쏘니 철환이 비 오듯 하였다. 성가퀴를 지킨 군사를 감히 거두지 못하더니 이윽고 적이 성 밑에 섶을 쌓아 성과 같이 하고 조총을 일시에 쏘니 성안에 큰 난리가 났다. 장병이 북문으로 달아났으나 적이 장병을 둘러싸고 어지럽게 쳐들어오니 수많은 장병이 난리를 벗어나지 못하였다. 양원호가 의갑을 버리고 겨우 도망하여 여러 겹 에워싼 데를 벗어나니 어떤 이는 양원호를 그냥 놓아 보냈다고 하였다.

남원이 이미 함락되어 전주 이북이 조각 났다. 이때 적이 승승장구하여 나오니 각 읍 수령들이 몇 명 달아나고 오직 의병장 곽재우만이 창녕 화왕산성에 올라 굳게 지켰다. 적이 산 아래 이르러 보니 산의 형세가 가장 험준하였다. 감히 치지 못하고 물러가니 곽재우가 군사를 모아 산에서 내려와 적의 뒤를 습격하여 일진을 무찌르니 왜군이 대패하여 달아났다.

또 황석산을 칠 때 안음 현감 곽준과 함양 군수 조종도와 김해 부사 백사림이 먼저 달아나니 민심이 흉흉하여 성을 지키지 못하였다. 적이 드디어 성을 점령하자 곽준이 그 아들 이상과 계속 힘써 싸웠다. 그러다가 마침내 군사들 사이에서 죽으니 준의 딸이 그 지아비 유문호와 함께 준을 찾아 성안에 숨었다가 준이 이미 죽고 또 그 지아비 적에게 사로잡힌 바 되었음을 듣고 혼자 탄식하여,

"이제 아비와 지아비를 잃었으니 나 홀로 살아 무엇하겠는가?"

하고 말하고는 목매어 죽었다. 함양 군수 조종도는 일찍 난을 피하여 산속에 숨었다가 하루는 함께 피난 온 사람들이 말하였다.

"내 이미 나라의 은혜를 입었으니, 어찌 그 은혜를 저버리고 한갓 초야에 묻혀 이름 없이 죽겠는가?"

그러자 드디어 처자를 거느리고 성을 지키더니 성이 함락되자 곽준의 부자와 마찬가지로 죽었다.

통제사 이순신이 배 이십여 척을 거느리고 진도 벽파진 아래 진을 치니 적장 마흑시가 배 이백여 척을 거느리고 아군을 향하여 나왔다. 순신이 배마다 화촉을 싣고 순풍을 타고 나아가며 어지러이 싸우니 적이 대적하지 못하여 달아났다. 순신이 따라가며 싸워 적장 심안둔을 베고 싸움에서 벤 적군의 머리를 돛에 달아 호령하니 군사들이 소리가 크게 울려퍼졌다. 순신이 드디어 나아가 금도에 진을 치니 군사 이미 팔천여 명이요, 모여 있는 피난민이 수만여 명이라, 군사들의 장한 모습이 한산도

에서보다 열 배나 더 하였다.

이순신이 백성들을 위하다

무술(戊戌)년 칠월 수군 도독 진린이 경성에 이르러 함께 도적을 치려 할 때 그의 천성이 사나워 여러 사람의 뜻에 맞지 않으므로 진린을 두려워하는 자가 많았다.

하루는 임금이 강머리에 나와서 전송하는데, 진린의 수하 군사가 전혀 거리낌 없이 우리나라 수령에게 욕을 하고 꾸짖으며, 찰방 이상규를 수없이 때려 유혈이 낭자하였다. 임금이 크게 근심하여 즉시 순신에게 이르기를, 진린을 후대하여 마음을 거슬러 성을 내게 하지 말라 하였다.

이순신이 명나라 진린의 이름을 듣고 미리 술과 고기를 장만하여 기다렸다. 진린이 이미 도중에 순신이 맞아 보는 예를 마치자 한편 잔치를 베풀어 진린을 관대하고, 한편으로는 명나라 군사를 위로하였다. 명나라 군사들이 서로 말하였다.

"과연 지혜와 용맹이 뛰어난 장수로다."

진린이 또한 기뻐하였다. 양진이 합세하여 군중의 일을 의논하는데, 갑자기 알리기를,

"적의 배 백여 척이 온다."

하니, 순신이 진린과 함께 각각 배를 거느리고 녹도에 이르렀다. 적이 아군을 바라보고 짐짓 뒤로 물러가며 아군을 유인하려 하니 순신이 따르지 않고 녹도 만호 만송 여동에게 십여 척 배를 거느리고 절이도에

돌아와 매복할 때 진린이 또한 수십 척 배를 두고 싸움을 도왔다. 이날 순신과 함께 술을 먹더니 진린의 휘하에 있는 천총(千總, 훈련도감, 금위영, 어영청, 총융청, 진무영 등에 속한 정3품의 직위)이 말하였다.

"아침에 도적을 만나 조선 수군은 적의 머리 수백여 개를 베고 명나라 군사는 전세(戰勢)가 불리하여 적병을 하나도 죽이지 못했습니다."

이에 진린이 크게 화를 냈다.

"무사들을 끌어내어 목을 베라."

하고 잡았던 술잔을 땅에 던지자, 순신이 그 뜻을 알고 즉시 말하였다.

"노야(老爺, 늙은 남자. 노옹. 여기서는 야는 아비, 아버지, 남자를 높여 이르는 말)는 이미 천조 대장이 되어 이곳에 계시니 우리의 승리는 곧 노야의 승리오. 노야의 복으로 전쟁에 나아간 지 오래지 않아 승리 소식을 전하면 어찌 아름답지 않겠습니까?"

하니 진린이 이 말에 기뻐하여 순신의 손을 잡고 말하였다.

"내 일찍 공의 이름을 우레같이 들었더니 과연 거짓이 아니었소."

하고 다시 술을 내어 종일토록 즐겼다. 이로부터 진린이 순신의 진중에 있으면서 그의 호령이 엄하고 분명함을 보고 마음에 깊이 항복할 뿐 아니라 거느릴 배가 비록 많으나 도적 막기 불편하자, 매번 싸움에 나아가 자기 배를 타고 순신의 지휘를 따랐다. 그리고 반드시 '노야'라고 불렀다.

"공은 동방 사람이 아니라 만일 중원에 들어가 활동한다면 마땅히 천하 대장이 되리라."

하였다. 진린이 주상께 자세히 다음과 같이 알렸다.

"통제사 이순신이 온 천하를 다스릴 재주 있고, 천하에 해가 빛나듯 공이 큽니다."

모두가 진정으로 우러나와 하는 말이었다.

명나라 군사가 비록 순신의 위엄을 두려워하면서도 자주 노략질을 일삼았다. 백성들에게는 이것이 가장 괴로운 일이었다. 하루는 순신이 영을 내려 길가에 있는 집들을 크든 작든 간에 헐고 방(榜, 여러 사람에게 널리 알리기 위하여 길거리나 사람이 많이 모이는 곳에 써 붙이는 글)을 붙였다.

"모일부터 모일까지 아무개 섬 안으로 백성을 옮길 것이다."

영을 내리고 자기 옷과 이불도 배에서 내리니 진린의 부하가 방을 가지고 가 알렸다. 진린이 급히 가정을 보내어 그 까닭을 물으니 순신이 답하였다.

"우리 백성이 명나라 군사들에게 노략질을 당하고 괴로워 견디지 못합니다. 내 이제 대장이 되어 백성을 편안하게 못하고 무슨 면목으로 이곳에 머물러 있겠습니까? 그래서 다른 곳에 옮겨 가고자 합니다."

가정이 돌아와 이렇게 자세히 전하니, 진린이 크게 놀라 찾아와서 순신의 손을 잡고 만류하였다. 그리고 사람을 배로 보내어 그의 옷과 이불을 도로 옮겨 놓고 간청하였다.

"노야, 만일 내 말을 따른다면 우리가 어찌 헤어지겠소?"

그리고 말하였다.

"내 어찌 공의 말을 따르지 않겠소?"

순신이 말하였다.

"명나라 군사가 우리나라를 제후국이라고 여겨 아무 거리낌이 없습니다. 노야가 만일 나에게 마음대로 금지하게 한다면 다시 다른 염려는 없을 듯합니다."

진린이,

"이 일이 뭐 어렵겠는가?"

하고 즉시 허락하였다. 그 후부터 순신이 명나라 군사가 죄를 범하면 반드시 죄를 다스리니 명나라 군사가 진린보다 더 두려워하였고, 이로 인해 백성들이 평안해졌다.

왜군의 횡포로 조선이 위기에 처하다

이때 왜군이 삼도를 이리저리 다니며 여관을 불지르고 우리나라 사람을 잡으면 죽이고 그 사람의 코를 베어 위엄을 보이고 그들의 전공(戰功, 전투에서 세운 공로)으로 삼았다. 왜군이 점점 나아가 충청도 직산에 이르니 경성이 소란해졌다. 양 경리와 마 제독이 장수들에게 우리 군사와 함께 협력하여 곳곳의 좁은 길목을 지키게 하니 적이 경기도에 가까이 이르러 우리나라가 이미 준비하고 있음을 보고 즉시 군사를 돌이켜 돌아가려 하였다. 이때 청정이 다시 울산에 주둔하고 평의지는 사천에 진을 치니 서로 연락하여 그 세력이 팔백 리에 펼쳐져 있었다.

처음 적이 경성을 향하여 올 때 조정 신하들이 다투어 피난할 묘책을 의논하는데, 지사 신집이 말하였다.

"어가로 영변까지 가는 것이 마땅할 것이오. 내 일찍 평양 병사로 있어서 영변에 대해 잘 알고 있소. 그곳은 성벽이 튼튼하고 이를 둘러싼 못이 가장 깊으니 지키기에 좋소. 다만 양식이 없으니 만일 미리 준비하지 못하면 장차 큰 근심이 될 것이오."

그러자 듣는 사람이 모두,

"신일(辛日)에는 장 담기를 꺼린다는데."(신일은 천간에서 신(辛)에 해당하는 날로, 이 날 장을 담그면 시어진다는 옛 말이 있다. 여기서는 신(辛)씨인 신집이 말한 내용이 마땅치 않아 신하들이 신집을 비꼬며 한 말이다)

하고 잠깐 농담 삼아 웃었다.

도원수 권율이 경상도에서 도망하여 도성에 이르니 임금이 만나서 적의 형편을 물었다. 권율이 대답하였다.

"적병의 기세가 태산 같으니 그 기세를 대적하기 어렵습니다."

처음부터 임금이 근심하더니 오래지 않아 적병이 물러가고 권율이 다시 경상도로 내려가니 대사간이 말하였다.

"권율이 원래 지혜와 꾀가 없고 또 겁이 많으니 도원수의 임무를 감당하지 못할 듯합니다."

그러나 임금이 이를 받아들이지 않았다.

이때 양 경리·마 제독이 보군 수만을 거느리고 우리 군사를 선봉으로 세우고 경상도로 내려와 울산에 진을 치고 도적을 칠 때, 적장 청정이 울산 동해변의 험한 곳을 가려 성을 쌓고 굳게 지키고 있었다. 양 경리 등이 나아가 성을 치니 적이 군사를 내어 싸우다가 대적하지 못하여 물러 성으로 달아나니 장병이 이길 기세로 나아가 성을 둘러싸고 급히 쳤다. 적이 성 위에서 총을 마구 쏘고 또 돌을 날려 성 아래로 내려치니 장병과 우리 군사들이 이를 맞고 많이 죽었다. 양 경리 등이 이기지 못하고 근심하더니 이날 밤에 김응서 수백 군사를 거느리고 성 밖에 숨어 있다가 물을 긷는 도적 백여 명을 잡았으나, 다 배고픈 빛을 보였다.

장수들이 말하였다.

"성안에 양식이 이미 없으니 오래지 않아 적이 반드시 달아날 것이다."

경리가 군사를 재촉하여 성을 치더니 이때 하늘의 기운이 매우 차고 궂은 비가 계속 내렸다. 군졸이 온몸을 떨고 싸우지 못할 뿐 아니라 적의 배 백여 척이 나와 청정을 구하려 하였다. 양 경리가 적의 기세를 보고 즉시 군사를 거두어 경성에 돌아와 다시 나아가 싸우기를 의논하였다.

무술년 칠월에 이르러 명나라의 병부 주사 정응대가 경리 양호를 모함하여 쫓아냈다. 그리고 그를 잡아 돌아가니 임금이 경리의 공로를 생각하고 즉시 좌의정 이원익을 명나라 조정에 보내어 양호가 죄 짓지 않았음을 알렸다.

이순신이 최후를 맞다

구월에 이르러 명나라의 대장 형개가 다시 군마를 내어 왜군을 칠 때 마귀에게 울산을 지키게 하고 동일원에게 사천을 지키게 하고 수군 도독 진린을 재촉하여 왜군을 치라 하였다. 진린이 순신과 함께 수군을 거느리고 좌수영 앞에 이르러 진을 쳤다. 적군이 이제 돌아가려 한다는 소식을 듣고 즉시 배를 재촉하여 순천 왜교에 이르니 이는 적장 평행장의 앞진이었다.

순신이 남해 현감 김이행 등으로 하여금 배 십여 척을 거느리고 적진을 충돌하여 왜선 네댓 척을 쳐부수고 크게 싸우다가 조수가 물러날 때 돌아왔다.

이날 명나라 육군 도독 유정이 마병 일만 오천을 거느리고 왜교 북쪽에 이르러 행장을 치려 하였다. 적장 평의지가 군사 수백을 거느리고 남해로부터 평행장의 진에 이르니 이는 다른 까닭이 있어서가 아니었다. 유정과 언약하여 수륙으로 평행장이 있는 적진을 협공하였는데 사도 첨사 황세득이 적병의 철환을 맞고 죽었다. 세득은 원래 순신 아내의 친척이었다. 장수들이 들어와 이 소식을 알리니, 순신이 말하였다.

"세득이 나라를 위해 죽었으니 가장 영광스런 일이다. 어찌 아름답지 않겠는가?"

십일월에 변성남이라 하는 자가 적진에서 도망 나와서 말하였다.

"일본 관백 평수길이 이미 죽었습니다. 모든 관리들이 다투어 급히 돌아가려 합니다."

하루는 진린이 순신에게 이렇게 말하였다.

"내 밤에 천문을 보니 동방의 별이 떨어지고자 하였소. 이는 반드시 공에게 해당하는 것이니, 공이 어찌 삼국의 제갈공명의 법술(法術, 방사의 술법)을 본받지 않는가?"

순신이 답하였다.

"나의 충성이 공명만 못하고 덕이 또한 공명만 못하오니, 내가 비록 공명의 법술을 쓴다 해도 하늘이 어찌 응하시겠습니까?"

이때 평행장 등이 급히 돌아가고자 하나 우리 수군에 막혀 뜻을 이루지 못하였다. 드디어 뇌물을 도독에게 많이 주고 강화함을 아뢰니 진린이 순신을 권하여 적과 친선을 맺고 군사를 물리라 하였다. 이에 순신이 말하였다.

"내 이미 조선 대장이 되었으니 화친을 구하지 못합니다. 하물며 도적을 돌려보내지 못하겠소."

도독이 부끄러워 다시 말을 못하고 왜군 사신에게 말하였다.

"너희를 위하여 통제사에게 권했으나 통제사가 들으려 하지 않으니 어찌하겠느냐?"

왜군 사신이 돌아가 평행장에게 알리니, 행장이 다시 조총과 보물을 순신에게 보내고 강화하기를 간청하였다. 순신이 크게 꾸짖었다.

"임진(壬辰) 이후에 도적을 수없이 죽이고 얻은 병기와 군수품이 산같이 쌓였으니 이것을 무엇에 쓰겠는가. 마땅히 네 머리를 베어 군중에 호령할 것이나, 아직 용서하나니 빨리 돌아가 행장에게 일러 다만 목을 씻고 죽기를 기다리라고 일러라."

왜군 사신이 크게 두려워 머리를 싸고 쥐가 숨듯 달아났다.

진 도독이 이미 왜적의 뇌물을 많이 받았으므로, 기어이 길을 헤쳐 놓아 보내고자 하여 순신에게 말하였다.

"내 잠깐 행장을 버리고 남해에 머물러 있는 도적을 치고자 하니 공의 뜻은 어떠한가?"

순신이 대답하였다.

"남해에 있는 도적은 원래 조선 백성이요, 진실로 도적이 아니니 어찌 치려 하시오?"

진 도독이 말하였다.

"비록 조선 사람이라 하나 이미 도적을 따랐으니 이 또한 도적이오. 이제 나아가 치면 조금도 수고할 필요 없이 많이 머리를 벨 수 있소."

순신이 말하였다.

"명나라 천자께서 특별히 모든 장군에게 명하여 도적을 치고자 하시는 것은 진실로 우리 조선 사람을 구하기 위함입니다. 장군이 도리어 죽이기를 더하려 하시니 이는 천자의 본뜻이 아닌 것 같아 두렵습니다."

도독이 화를 내며 말하였다.

"천자께서 주신 인검(印劍, 지난날, 임금이 군사를 통솔하는 장수에게 주던 칼)이 내게 있으니 누가 감히 내 영을 거역하는가?"

순신이 말하였다.

"이 몸이 비록 한 번 죽으나 어찌 차마 왜적을 버리고 도리어 내 불쌍한 군민을 해치리까?"

하고 힘써 다투니 도독이 감히 뜻을 세우지 못하였다.

이달 십칠 일 해 저물 무렵에 이르러 평행장이 불을 들어 남해의 적과 서로 응하니 대개 평행장이 곤양 사천에 머물러 있을 때 도적을 청하였던 것이다. 이 도적은 원래 일본 산주군이니 용맹이 상대할 사람이 없어 그를 선봉으로 하여 조선 군사를 해치고 달아나려고 하였다.

순신이 군사들을 단단히 일러 싸울 기계를 준비하더니 십팔 일에 이르러 왜군의 배 오백 척이 남해 곤양 사천으로 들어와 우리 군병을 향하여 왔다. 순신이 도독과 함께 노량에 이르러 도적을 만나 크게 싸워 적의 배 백여 척을 쳐부수고 징을 쳐 군사를 거두어 잠깐 쉬었다. 이날 밤 삼경에 이르러 순신이 배 위에서 하늘을 우러러 네 번 절하고 속으로 축

원하며 말하였다.

"도적을 모두 무찌르면 순신이 비록 죽어도 한이 없겠습니다. 하늘은 감동하시어 수륙에 가득한 왜적을 다 무찌를 수 있게 하소서."

하고 빌 즈음에 홀연 큰 별빛이 황홀하게 바다 가운데로 떨어졌다. 순신이 놀라 탄식하는데 보는 자마다 놀랐다. 십구 일에 이르러 순신이 다시 진린과 함께 남해에 이르러 왜장 청정의 배를 만나 크게 싸우는데 갑자기 빠른 철환이 날아와 순신의 가슴을 맞혀 등을 꿰뚫고 나갔다. 좌우에서 붙들어 장중에 들어가니 순신이 말하였다.

"싸움이 더 급하니, 나의 죽음을 누설하지 말라."

하는 말을 마치고 하늘이 준 운명을 다하였다. 순신의 조카 이완이 원래 대담하고 꾀가 많았다. 완이 순신의 아들 이회에게 말하였다.

"일이 이미 여기에 이르렀으니 망극하기 이를 데 없으나, 만일 장군의 죽음이 알려지면 군사들이 소란해질 것이오. 또 도적이 이런 틈을 타서 공격해 오면 시신을 보전하여 돌아가기 어려운 것이오."

하고 드디어 순신의 영으로 싸움을 독촉하더니, 진 도독의 배가 적병에게 둘러싸여 거의 함락되었다. 이완이 중군을 지휘하여 나아가 적의 배를 무찌르니 도적이 한꺼번에 달아났다. 도독이 배를 재촉하여 나아와 크게 불러 말하였다.

"통제사는 어디 있는가?"

이완이 뱃머리에서 크게 통곡하여 말하였다.

"숙부의 명이 이미 다하였으니, 어찌 슬프지 않겠습니까?"

도독이 크게 놀라 배 위에서 거꾸러지며,

"통제사 이미 죽은 후에 나를 구하였구나."

하고 가슴을 두드리며 통곡하니 군사들이 모두 통곡하고, 곡소리가 바다 가운데서 진동하니, 명나라 장군이 또한 슬퍼하였다.

이때 평행장 등이 좁은 길목을 벗어나 일본으로 돌아가고 곤양·사천·거제·응천·부산·순천 등지에 진을 치던 도적이 또한 일시에 돌아갔다.

순신의 아들 이회 등이 고금도로부터 장군의 관을 받들어 아산으로 돌아갈 때 길에는 백성들의 곡소리가 진동하고 도독의 장수들이 각각 제사를 지내며 또한 만장(輓章, 죽은 이를 슬퍼하여 지은 글)을 지어 순신의 공을 찬양하였다.

진 도독이 군사를 거두어 돌아올 때 아산에 들어가 제사를 올리고자 하더니 마침 형국문(형개)이 경사에 사람을 보내어 도독에게 구원병을 보내 달라고 재촉하므로, 다만 수백 냥을 보내어 부의(賻儀, 상을 당한 집에 부조로 보내는 돈이나 물품)를 삼았다. 이회가 비록 상중(喪中)에 있었으나 급히 달려가 아산 대로에 이르러 진 도독을 만나 즉시 말에서 내려 절하며 그에 감사를 표하였다. 그러자 도독이 이회의 손을 잡고 통곡하다가 물었다.

"그대는 무슨 벼슬을 하였는가?"

이회가 대답하였다.

"소자 이제 초상에 있으니, 어찌 관직을 아뢰겠습니까?"

도독이 말하였다.

"중국은 비록 초상에 있어도 오히려 상전(賞典, 공로의 크고 작음에 따라서 상을 주는 규정)을 폐하지 않는데, 너희 나라는 공을 이야기하는 데는 늦구나. 내 마땅히 너희 국왕께 고하여 빨리 관직을 내리게 하겠다."

임금이 순신의 죽음을 듣고 가장 슬퍼하고 즉시 제관을 보내어 제사를 지내게 하고 직책을 올려 대광보국숭록대부(조선 시대 최고 품계)·우의정·영의정 겸 영경연(경연의 으뜸 벼슬. 의정이 겸임함)·홍문관·예문관·춘추관·관상감사·덕풍부원군을 내리고 시호를 충무공(忠武公)이라 하였다.

순신이 가정 원년 을사에 탄생하여 만력 원년 무술에 생을 마치니 나이 오십사 세였다. 순신의 장수들이 충무공을 위하여 묘당을 세우고자 청하니 조정이 이에 따라 경상좌수영 북쪽에 묘당을 세우고 이름을 충무사라 하였다.

호남 군민이 다투어 재물을 내어 관찰사에게 비석 하나를 만들어 세우기를 청하니, 관찰사가 진안 현감 신인도를 보내어 비석에 크게 썼다. '조선국 영의정 덕풍부원군 충무공 이 장군 파로비(破擄碑, 오랑캐 무찌른 공적을 적은 비)'라고 동령영에 세우니 이는 좌수영을 오가는 길이었다.

그 후에 이운룡이 통제사가 되어 민심을 따라 묘당을 거제 땅에 세우니 크고 작은 배들이 지날 때 예를 올렸다. 영남 해변에 있는 백성들이 또한 재물을 내어 충무공의 묘당을 노량에 세우고 출입할 때 반드시 제사를 지내는데, 그것은 노량이 한산도에서 가까운 까닭에서였다.

충무공 이순신을 기리다

충무공이 처음으로 탄생하였을 때 점쟁이가,

"이 아이 나이 오십에 남방에서 큰 공을 세우고 벼슬이 대장에 이를 것이오."

하였다. 공이 어렸을 때에 동네 아이들과 놀 때마다 돌을 쌓아 진법을 만드니 보는 사람마다 가장 기특하게 여겼다. 자라면서 힘이 넘치고 신기할 일을 잘하므로 친구들 중에 따를 사람이 없었다.

병자년 봄에 무과에 뽑히어 선영에 가 뵐 때 묘 앞에 세웠던 석인(石人, 무덤 앞에 세운 돌로 만든 사람)이 땅에 거꾸러져 있자, 공이 하인 수십 명에게 다시 세우라 하였다. 여러 사람이 그 돌을 이기지 못하는데 공이 여러 사람을 꾸짖어 물리치고 두 손으로 잡아 일으키니 보는 자 모두 놀라워하였다.

공의 천성이 사람 찾기를 좋아하지 않으니, 친한 사람이 별로 없었으나, 서애 유성룡만은 어려서부터 친하였다. 그래서 유성룡이 공을 매번 대장의 재주라고 일컬었다.

병인년 겨울 비로소 훈련원에서 근무하게 되었는데, 이때 율곡(栗谷) 선생(이름은 이이. 동서 당쟁의 조정에 힘쓰고 십만양병설을 주장. 『율곡전서』가 전함)이 이조판서로 있으면서 공의 이름을 듣고 서애 유성룡에게 한 번 보기를 청하였다. 그러나 공이 사양하며 말하였다.

"율곡이 나와 함께 같은 성(姓)이요 또한 장자(長子, 어른)이시니 뵙고 싶습니다만, 정관(政官, 이조와 병조에 속하여 문무관을 선발하는 일을 맡은 관직)으로 있을 때는 옳지 않습니다."

하고 마침내 나아가지 않았다. 병조판서 김귀영이 또한 공의 이름을 듣고 매파를 보내어 첩실의 딸을 공의 첩으로 주고자 했으나, 공이 즐겨하지 않고 말하였다.

"내 처음으로 임무를 맡았으니, 어찌 권세 있는 집안에 의지하여 지내겠습니까?"

하고 끝끝내 듣지 않았다.

이해 겨울에 충청 병사의 군관이 되어 청주로 내려가니 병사를 지성으로 섬길 뿐 아니라 항상 지내는 곳에는 옷과 이불뿐이요, 고향에 있는 어버이를 뵙고 돌아올 때는 남은 양식을 하인에게 맡겨 분명히 하니 병사가 듣고 가장 사랑하며 극진히 공경하였다.

하루는 병사가 밤이 되어 취해서 공의 손을 잡고 이끌어 한 군관의 방을 찾아가고자 하니 그 군관은 평일에 사랑하고 가장 친하게 지냈던 이였다. 공이 말하였다.

"대장이 어두운 밤에 혼자 막하를 찾는 것은 옳지 못합니다."

하여 거짓 취한 체하고 병사의 손을 받들며 말하였다.

"사또는 앞으로 어느 곳으로 가려 하십니까?"

병사가 비로소 깨닫고 땅에 앉으며 말하였다.

"내가 정말 취했소."

경진년 구월에 공이 훈련원 말관으로 있다가 발개(발포. 전라남도 고흥에 있음) 만호라는 벼슬을 받고 부임하였다. 이때 감사 손식이 장한 이름을 듣고 공을 해치고자 하였다. 감사가 고을을 돌다가 능주에 이르러 공을 불러 군사를 다스리는 법을 설명하고 진을 그리라 하니 공이 즉시 붓을 잡아 그렸다. 손식이 가만히 보다가 말하였다.

"필법이 어찌 이렇게 세밀한가?"

그리고 조상(祖上)에 대해 물으니 본디 세문(勢門, 권세 있는 집안)의 양반이라, 감사가 혼자 감탄하며,

"내 처음에 서로 알지 못한 것이 안타깝구려."

하고 이후부터 정중하게 대접하였다.

좌수사 성박(成鎛)이 사람을 본진에 보내어 객사 앞에 있는 오동나무로 거문고를 만들고자 하니, 공이 허락하지 않았다.

"이는 관에 속하는 나무이며 하물며 심은 지 오래되었는데 어찌 하루아침에 베려고 하시오."

수사가 비록 화를 내었지만 마침내 그 나무를 가져가지 못하였다. 그후에 이용이 수사가 되었는데, 또한 이 말을 듣고 공을 해치고자 하여 갑자기 다섯 진변 장수와 군사를 점고하였다. 네 진변장에는 빠진 군사가 많고 발개는 다만 세 명이 빠졌을 뿐이었다. 그런데도 수사가 오직 공의 이름만 보고하여 죄를 청하고자 하거늘, 공이 이 일을 알고 네 진변장에서 빠진 군사에 대해 자세히 기록하여 수영에 가서 모든 비장들에게 그 일을 전하니 모든 비장이 수사에게 알렸다.

"발개라 하는 곳이 빠진 군사가 적을 뿐 아니라 순신이 이미 네 진에서 군사가 얼마나 빠져 있는지 알고 있으니, 이제 만일 보고하면 후에 반드시 뉘우치게 될 것입니다."

수사가 그렇게 여겨 그 일을 정하지 못하였다.

그 후에 전지(傳旨, 임금의 뜻을 담당 관청이나 관리에게 전하는 것. 특히 세세한 일에 관련된 것)를 당하여 수사가 공의 등급을 장차 하등으로 쓰고자 했으나 충청 병사 조헌이 붓을 잡고 즐겨 쓰려 하지 않으며 말하였다.

"내 들으니 순신이 변방을 다스리는 데 으뜸이라 하니, 이를 나쁘게 말하지 못하겠구나."

이렇게 하여 상등에 두었다.

임오년 봄 삼월에 이르러 군기경차관(軍器敬差官, 무기를 점검하기 위해 지방에 파견하던 벼슬)이 본도(이순신의 임지인 전라도)에 이르렀는데 공이 무기 관리를 제대로 하지 않았다고 보고하여 직책에서 물러나게 하였다. 그러자 어떤 사람이 이렇게 말하였다.

"공이 무기를 다른 이들보다 잘 관리했는데도 마침내 변을 입으니, 이는 다름 아니라 전에 훈련원에 있을 때 병조 정랑을 화나게 만든 탓이다."

계미년 가을에 이르러 이용이 남병사가 되어 공을 불러 올려 군관으로 삼았다. 이용은 옛일을 뉘우쳐 깊이 사귀고자 하였다. 공과 매우 친밀하여 크고 작은 군무를 반드시 의논하였다. 하루는 병사가 북으로 나갈 때 공이 변방 군관으로 있으면서 행군하기를 서문으로부터 나가게 하였다. 병사가 화가 나서 말하였다.

"내 원래 서문으로 나가지 않으려고 했으나 어찌 구태여 이 길로 가려는가?"

공이 말하였다.

"서쪽은 금(金)의 방향입니다. 계절로 따지면 금은 가을에 속하고, 가을은 그 쓸쓸한 기운이 풀이나 나무를 죽인다는 주장이 있으니, 서문으로 나가고자 합니다."

　병사가 이 말을 듣고 도리어 크게 기뻐하였다.

　이해 겨울에 건원 군관이 되었는데, 이때 적호 오랑캐가 자주 변방을 침입하였다. 조정이 크게 근심하는데 공이 부임한 후 계교를 꾸며 오랑캐를 유인하여 크게 쳐부수니 북평사 김우서가 홀로 순신의 성공을 꺼려 임금에게 보고하지 않고 마음대로 대사를 행하리라 하여 공의 죄를 다투어 아뢰니 조정이 바야흐로 순신에게 큰 공을 더하고자 하다가 주장의 보고로 인하여 비록 정하지 못하였으나, 이로 인하여 이름이 자자해졌다. 그런데도 세상에서 활동할 기회를 얻지 못하니 지식 있는 자가 가장 아까워하였다.

　이해 겨울에 그 부친 덕전군의 상(喪)을 만나 마음이 분주하였다. 이때 조정이 공을 중히 쓰고자 하여 겨우 소상(小祥, 죽은 지 1년 만에 지내는 제사. 일주기)을 지낸 후에 삼년상을 언제 마치는지 자주 물었다. 병술년 정월에 비로소 삼년상을 마치니, 즉시 사복주부 벼슬을 내렸다. 임무를 맡은 지 겨우 십육 일에 조산 만호 벼슬을 내리니 이는 다른 이유가 있어서가 아니었다. 이때 오랑캐 자주 변방을 침략하니 조산이 오랑캐의 땅이 가깝다 하여 충무공에게 만호 벼슬을 준 것이었다.

　정해년 가을에 이르러 녹둔도 둔전(屯田, 변경이나 군사 요지에 주둔한 군대의 식량을 마련하기 위하여 설치한 토지)을 관리하는 임무까지 겸하게 되었다. 그런데 그곳은 본진과 거리가 멀 뿐 아니라 지키는 군사도 적은 곳이었다. 그래서 여러 번 군사를 더 보내 달라고 요청했으나, 병사 이일이 귀담아 듣지 않았다.

오래지 않아 적병이 크게 이르러 섬을 둘러쌌다. 공이 이운용 등과 함께 뒤를 따라 일진을 무찌르니 적이 사방으로 흩어져 달아났다. 포로로 잡혀갔던 우리 군사 육십여 명을 찾아 돌아오니, 병사 이일은 그것이 마음에 걸려 공을 죽여 자신의 죄를 면하려고 하였다. 그래서 공이 영문에 이르자 이일은 그가 패군하였으니 죄를 물어야겠다며 큰 소리를 쳤다. 이에 공이 침착하게 말하였다.

"내 일찍 군사가 적다고 여러 번 진영에 알렸던 문서가 여기 있소. 조정이 만일 이를 알면 그 죄가 내게 있지 않다는 것을 알 것이오. 하물며 내 힘써 싸워 도적을 물리치고 포로 육십여 명을 구해 돌아왔는데, 어찌 패군함을 내게 돌려 죄를 말하려는 거요?"

하고 조금도 얼굴빛이 변하지 않았다. 이일이 한동안 조용히 있다가 공을 잡아 가두고 패군한 모습을 갖추어 임금께 보고하였다. 이에 임금이 말하였다.

"이순신은 패군할 사람이 아니다."

그리고 백의종군(白衣從軍, 벼슬 없는 사람으로 군대를 따라 전쟁터에 나감)으로 공을 세워 죄를 씻도록 했다. 공이 이해 겨울에 오랑캐를 무찌르고 죄를 용서받았다.

무자년 유월에 비로소 집에 돌아왔는데, 이때 조정이 무관 중에서 직급에 상관없이 특별히 등용하여 일하게 할 사람을 뽑을 때 공의 이름을 둘째로 이야기하였으나 미처 벼슬을 얻지 못하였다.

기축년 이월에 이르러 전라도 순찰사 이광이 공을 군관으로 삼고 탄식하며 말하였다.

"공의 모든 재주를 이렇듯 그냥 두었으니 어찌 안타깝지 않겠는가?"

드디어 공을 알려 본도 조방장으로 삼았다. 이해 겨울에 무신 겸 선전관으로 경성에 올라갔다가 오래지 않아 정읍 현감이 되었다. 공이 즉시 부임하였더니 이때 구대중이 본도 도사가 되어 안부 편지를 하였는데, 공이 다만 편안하다고 답장하였다.

그 후에 대중이 역모에 관련되었을 때 그의 집을 뒤지다가 공의 편지가 발견되었다. 공이 마침 채사원으로 경성에 올라오다가 길에서 금오랑(의금부의 도사)을 만났는데, 그는 평소에 공과 친한 사이였다. 그가 공에게 말하였다.

"이번 검거에서 공의 편지가 나왔소. 내 이제 공을 위하여 이 편지를 빼고자 하는데, 공의 뜻은 어떠하오?"

공이 말하였다.

"전에 대중이 나에게 편지를 보내 왔기에 답장을 했을 따름이오. 하물며 이미 수색 중에 있다 하니 어찌 감히 뺄 수 있겠소?"

금오랑이 곧 돌아가더니 오래지 않아 공을 당상으로 불러들여 만포 첨사를 내리니, 의논하는 중에 한 사람이 말하였다.

"임금이 공의 편지를 보시고 벼슬을 올리셨다."

공의 형이 일찍 돌아가시고 그 자녀를 다 대부인이 양육하였다. 공이 정읍에 부임할 때 그 형의 자녀가 다 대부인을 따라왔다. 어떤 사람은 말하였다.

"남들로 인해 득죄함이 있을까 하노라."

공이 말하였다.

"차라리 내가 죄를 짓더라도 어찌 갈데없는 어린 조카들을 버리겠는가?"

공이 정읍에서 만포로 부임하고자 하였는데 신묘년 이월에 진도 군수가 되었다. 미처 부임하지 못했을 때 전라 좌수사를 명하시니 공이 드디어 정읍에서 좌수영으로 부임하였다. 공이 처음 수사가 되었을 때 공의 벗이 꿈을 꾸었는데, 나무가 하늘에 가득하고 여러 가지가 사방에 피었는데 그 위에 백성이 천만이나 의지하고 있었다. 그 나무가 홀연 뿌리가 빠져 장차 기울게 되었는데, 그때 문득 한 사람이 급히 달려들어 구하니 그 사람이 바로 공이라 하였다. 옛날 송나라 정승 문천상(文天祥, 송나라 말기의 충신. 수도가 함락된 후 근왕군을 일으켜 원나라 군사와 싸우다가 사로잡혀 처형됨)이 하늘을 받든 꿈에 비할 수 있겠다.

관공의 묘당을 세워 숭배하다

대체로 하늘이 먼저 나쁜 징조를 보이나니 흰 무지개가 해를 뚫고, 금성이 하늘에 나타나는 것은 해마다 있는 일이라 사람들이 일상적으로 여기지만 그 나머지 재변은 증험하는 것이 많다. 임진년에 괴이한 재변이 많으니 다 기록하지 못하겠다.

신묘년에 한강물이 삼 일 동안 계속 핏빛이 되고 성안에 검은 기운이 크게 일어나 바로 하늘에 영향을 주더니 며칠 후에야 바야흐로 걷혔다. 평양 대동강 물이 서쪽은 맑으나 동쪽은 흐리고 또 무수한 호랑이가 평양성 안에 들어와 백성들을 해치니 호랑이는 본래 산에 있는 짐승인데 어찌 성안에 들어와 사람을 해칠 수 있단 말인가. 이는 도둑이 장차 성안에 들어올 징조니, 하늘이 먼저 재변을 사람에 보내어 이를 경고하는 것인데, 사람들이 이를 살피지 못하는구나.

관공이 도성에서 신이 되어 나타난 후에 또 전라도 남원에 신이 되어 나타나 왜적을 많이 죽이니, 왜적이 이때 감당하겠는가? 우리 병란이 진정된 후에 묘당을 세우고 위패를 만들어 먼 장래에도 잊지 않게 하고자 하였으나, 그 얼굴을 일찍 보지 못하였기에, 중원에 들어가 구하였다. 관공이 중원에서 신으로 모셔지는 일이 많으므로 집집마다 관공의 초상도 받들고 또는 위패를 만들어 제사를 지내고 있었다. 드디어 그 위패 하나를 구하여 우리나라에 가져와서 동남에 관왕묘를 세우고 위패를 살아 있을 때와 같이 잘 모셨다.

명나라 천자가 왕으로 봉하여 현성 무안왕이라고 하시고 동남 관장의 관왕묘와 함께 대하니, 이 얼마나 아름다운가? 남원에 또한 관왕묘를 세우고 해마다 사시사철 제사하며 기도하는 자 많았다. 만일 기도를 지성으로 행하면 효험이 분명하였다.

논개가 의롭게 죽다

왜적이 처음에 진주를 치다가 이기지 못하고 죽고 다친 사람이 많았다. 두 번 나올 때 진주를 무찔러 적의 원수를 갚고자 하여 힘써 싸워 성을 함락하고 사람을 만나면 족족 죽이고, 개 한 마리 닭 한 마리 남기지 않았다.

그 읍에는 기생 논개(論介, 성은 주씨. 장수 출신. 진주의 관기로 진주성이 함락되고 왜장들이 촉석루에서 축연을 베풀 때 왜장 모곡촌육조를 끼고 남강에 투신함)라 하는 이가 있어 그 얼굴이 아름다움을 보고 차마 죽이지 못하여 왜장이 데리고 촉석루에 올라가 즐기며 가까이하고자 하였다. 이때 논개가 생각하였다.

'내 몸이 비록 천한 기생인들 어찌 타국의 무지한 도적에게 몸을 더럽히겠는가.'

하고 마음속으로 계교를 생각해 내고 적장을 죽이고자, 그를 속여 말하였다.

"내 천성이 괴이하여 주의하는 뜻이 있으니 장군이 만일 내 말을 들으면 비록 사지(死地)라도 따르려고 합니다. 그렇지 않으면 장군이 만일 천첩의 몸을 여러 갈래 찢는다고 해도 듣지 않겠습니다."

적장이 말하였다.

"무슨 일이냐?"

논개가 이에 강물을 가리켜 말하였다.

"저 강 속에 들어가 바위 위에 올라 함께 춤을 춘 후 장군을 따르겠습니다."

적장이 말하였다.

"무엇이 어렵겠느냐?"

하고 논개와 함께 바위 위에서 춤추더니 적장의 흥이 바야흐로 무르녹을 때에 논개가 문득 왜장의 허리를 안고 물속에 뛰어들었다. 워낙 강물이 아득히 멀어 잠깐 사이에 두 사람이 간 데를 알 수 없었다. 적장이 없어지자 적병이 성을 버리고 달아났으므로, 진주를 다시 회복할 수 있었다.

논개는 비록 천한 여자였지만 그 불의를 참지 못하는 마음과 이 같은 지혜가 있었으니, 이 얼마나 아름다운가. 훗날 사람들이 그가 적장과 떨어진 바위를 의암(義岩)이라고 하는데, 그 업적이 뛰어나므로 여기에 논개의 행적을 기록했다.

김응서와 강홍립에게 일본을 치게 하다

평행장 등이 일본으로 돌아가니 왜란이 진정되었다. 어가가 의주 취승당을 떠나 경성에 돌아갈 때 지나는 고을마다 팔 년 전쟁의 피해로 인적이 드물고 형편이 좋지 않아 쇠멸(衰滅, 쇠퇴하여 없어짐)하지 않은 곳이 없었다.

이때 평안도 용강의 김응서(金應瑞, 본명은 경서. 임진왜란 때 이여송과 함께 평양성 탈환에 공이 큼. 그 후 명나라가 후금을 치기 위해 군사를 요청하자, 강홍립과 함께 출전했다가 포로가 됨. 이때 몰래 적의 형편을 살펴 본국에 알리려다 강홍립의 고발로 사형됨)와 전라도 진주의 강홍립(姜弘立, 명나라가 요동을 침범한 후금을 토벌할 때 조선 원병군을 이끌고 부원수 김응서와 함께 출전하였으나 패전함. 포로가 되어 정묘호란 때 후금군의 선도로 입국하여 강화를 주선함)이 용맹이 뛰어나더니 비록 조정에 입신하지 못하다가 왜란을 당하여 전쟁터에 나아가 기특한 공을 세웠다. 임금이 궁으로 돌아간 후 두 사람의 공로를 듣고 왕명으로 신하를 불러 두 사람에 대해 묻고 은근히 위로하니 두 사람 다 그 은혜에 감사하였다.

임금이 큰 잔치를 베풀어 문무백관을 모아 즐길 때 공신으로 뽑아 쓰고 전사한 장군들의 자손들을 위로하고 김응서, 강홍립을 각별히 추천하여 관직을 내리더니 두 사람이 머리를 숙이고 아뢰었다.

"하늘의 은혜가 끝이 없어 갚을 길이 없습니다. 나라의 은혜를 갚을 길 없으나, 수만 병사를 주시면 일본을 모조리 쳐부수어 임진년 원수를 갚아 뒷날에 생길 근심을 없애고자 합니다."

임금이 옳게 여기고 김응서를 도원수로 삼고 강홍립을 부원수로 정하고, 팔도 관아에 공문(公文)을 보내어 군사를 모아 일본을 치라 하였다.

이때 임금이 모든 신하와 군사를 거느리고 태평곡을 울리면서 궁으로 돌아왔다. 그러자 문무 신하들이 모두 차례로 임금에게 문안인사를 드렸다. 이때 임금이 최일령을 태부(太傅, 왕세자의 스승)로, 강홍엽을 선봉으로, 유성룡을 우의정으로, 유홍수를 좌의금으로, 문두황을 부원수로, 정태경을 좌도령으로, 한성록을 판서로, 김칠원을 어영대장으로 삼고, 그 나머지 장수들은 각 도 각 읍의 방백·수령으로 임명하였다.

또한 백성의 조세를 삼 년간 없애 주고 각 도로 하여금 학업과 검술을 숭상하게 하니, 세월은 평화롭고 풍요로워져 모든 백성이 곳곳에서 격양가(擊壤歌, 중국 상고의 요 임금 때 늙은 농부가 땅을 두드리며 천하가 태평함을 기리어 불렀다고 하는 노래. 세월이 태평함을 기리는 노래)를 불렀다. 이때 세월이 태평하였다.

김덕령이 죽다

하루는 조신 윤옥이 아뢰었다.

"강원도 이천 땅에 김덕령이란 사람이 용맹이 뛰어나나 난리에도 국가를 받들지 않고 청정의 진에 들어가 무슨 약속을 했는지 삼 일 만에 군사를 물리고 공주로 갔다 하니, 엄하게 다스려 그 실상을 알아보십시오."

이때가 바로 무술년이었다. 임금이 이를 듣고 크게 화를 내며 금부도사를 명령하여,

"덕령을 잡아 올리라."

하였다. 도사가 명을 받고 내려가 덕령을 보고 왕명을 전하니, 덕령이 보고 크게 놀라 어머니께 들어가 그 일을 전하였다. 이 어미와 자식의 슬픔을 어찌 다 헤아리겠는가. 이로 인해 덕령은 어머니께 하직하고 나오니 도사가 그를 철망으로 씌워 갈 때, 철원 땅에 이르러서 덕령이 도사에게 말하였다.

"여기 친한 사람이 있으니 잠깐 놓아주면 가서 보고 가려 하는데 어떠한가?"

도사가 말하였다.

"공적인 일에 사사로운 정이 있을 수 없으니, 어찌 잠시인들 놓아주겠는가?"

덕령이 꾸짖어 말하였다.

"아무리 나라의 죄인이라고 해도 어찌 잠깐 봐주지 않는가?"

하며 몸을 떠니 철망이 썩은 새끼줄 떨어지듯 하였다. 칼을 들고 공중에 솟아 십여 길이나 넘는 나무 끝을 번개같이 다니며 나무를 무수히 베니, 도사가 아무 말도 못하고 구경만 할 뿐이었다.

문득 공중에서 한 사람이 날아와 덕령의 손을 잡고 말하였다.

"내 아니 그렇다고 하던가? 환난을 당하였으니 바삐 가 전하의 명을 따르라. 누구를 원망하며 누구를 탓하겠는가. 이제 운수가 불길하여 이런 환을 당하였으니 나는 다시 세상에 나오지 아니하리라. 내 그대를 위하여 입신양명(立身揚名, 사회적으로 인정을 받고 세상에 이름을 떨침)하기를 바랐더니 성공치 못하고 비명에 죽게 되니 내 마음이 도리어 슬프도다."

하고 간 데가 없자, 덕령이 도로 철망을 쓰고 임금을 뵈었다.

"너는 어찌 큰 난리를 당하여 시절이 불안하니 국가를 받드는 것이 마땅한 일인데, 무슨 뜻으로 국가를 돕지 아니하고 도적의 진에 들어가 술법만 배우고 종묘사직이 하루 아침에 망하게 되어도 돕지 않느냐?"

하고 임금이 무사에게 명하였다.

"그를 베라."

하니 무사가 일시에 달려들어 칼춤 추며 덕령을 치니 칼이 덕령은 맞히지 못하고 세 동강이 났다. 무사 등이 크게 놀라 그 연유를 아뢰니 임금이 몹시 화를 내며,

"큰 매로 치라."

하였다. 덕령이 아뢰었다.

"신이 죄는 없으나 전하께옵서 신을 죽일 마음이 계시거든 만고 효자충신 김덕령'이라 현판에 새겨 주시면 신이 죽겠습니다. 그렇지 아니하

면 한이 남게 될 것입니다."

이에 임금이 즉시 명하여 현판을 새겨 주고,

"죽이라."

하니, 덕령이 아뢰었다.

"신은 그저 죽지는 않습니다. 왼쪽 다리 아래에 비늘이 있으니 비늘을 떼고 치면 죽을 것입니다."

하니, 무사가 일시에 달려들어 비늘을 떼고 한 번 치니 그제야 죽었다. 임금이 덕령의 죽음을 보시고 시체를 본가에 보내게 하였다.

덕령의 어미가 덕령을 보내고 밤낮으로 슬퍼하였다. 그러던 어느 날 덕령의 죽은 시체가 나타나자 그 어미가 달려나가 덕령의 시체를 안고 뒹굴며 얼굴을 대고 슬피 통곡하였다.

"이것이 너의 죄가 아니라 내가 보내지 아니한 죄로다. 다만 모자(母子) 있어 의탁하고 세월을 보내더니 이렇듯 죽었으니 나 혼자 남아서 누구에게 의지하여 산단 말이냐?"

그 울음소리가 온 산천에 사무쳐 오르내리니 누가 어찌 슬퍼하지 않겠는가. 그런 뒤에 선산(先山, 조상의 무덤 또는 그 무덤이 있는 곳) 아래에 편안하게 장사지내었다.

김응서와 강홍립이 일본에 가다

이때 임금이 신하들을 모아 놓고 의논하였다.

"왜장이 다 죽었으나 항서를 받지 않으면 뒷날 근심이 될지도 모르니,

군사를 보내어 다시 일본에 들어가 항서를 받으면 어떠하겠는가?"

임금이 이렇게 말하자 신하들이 아뢰었다.

"그 말씀이 옳습니다."

하니 임금이 즉시,

"김응서, 강홍립을 보내라."

하였다. 김응서와 강홍립이 군사를 훈련시키다가 임금의 명을 받고 말하였다.

"누가 감히 선봉이 되겠는가?"

응서가 말하였다.

"소신이 맡겠습니다."

하고 서로 선봉을 다투자, 임금이 말하였다.

"선봉 제비를 뽑으라."

하더니 홍립이 선봉을 잡았다. 응서는 후군장이 되어 대병을 거느리고 임금에게 하직 인사를 올리고 나올 때, 임금이 손을 잡으며 말하였다.

"경들을 만리타국에 보내고 항상 염려할 터이니, 부디 일본에 들어가 남을 쉽게 여기지 말고 충성을 다하여 공을 세우고 돌아오라."

응서가 말하였다.

"신이 죽기로써 일본을 없애고 근심을 덜어 드리겠습니다."

두 장수가 명을 받고 나와 행군할 때, 그 호령 소리는 가을의 찬 서리 같았다.

이때는 경자년 삼월이었다. 동래 부사 이현룡이 배를 준비하여 이들을 맞아 대접하였다. 행군한 지 십 일 만에 동래에 도착하니 부사가 대군을 맞아 진을 치고 두 장수를 위로하며 큰 잔치를 베풀어 즐겼다. 십여 일 후 순풍을 타고 배에 올라 행군하는데,

"장군은 아직 행군하지 말고 잠깐 내 말을 들으시오."

하기에, 응서가 놀라 뒤돌아보니 어떤 사람이 옷과 신발도 벗은 채로 외치는 것이었다. 그러자 응서가 그에게 물었다.

"그대 어떠한 사람이기에 진중에 들어와 무슨 말을 하고자 하느냐?"

"나는 조선 땅에 있는 어둑강이라 하는 귀신입니다. 장군님이 행군한 삼 일 만에 천문을 보니 이제 삼 일만 머물러 가면 큰 공을 세우실 것이요, 만일 그렇지 않으면 큰 난리를 만나 돌아오지 못할 것입니다."

응서가 이 말을 듣고 기를 휘둘러 군사를 머무르게 하고 홍립을 청하여 이 사실을 전하는데, 문득 그 사람은 간 데가 없었다. 응서가 이상하게 여겨 홍립에게 말하였다.

"군중에 괴이한 일이 있으니, 삼 일만 머물렀다가 가는 것이 어떠하오?"

홍립이 말하였다.

"그대 어찌 군중에서 법이 엄하다는 것을 모르는가. 나는 선봉이요 그대는 후장이라, 어찌 단언을 하는가? 만일 다시 이런 말을 하면 군법대로 할 것이오."

응서가 말하였다.

"후환을 만나도 나를 원망하지 마오."

홍립이 북을 쳐 군사를 지휘하니, 또 귀신이 응서 앞에 와서 하늘을 우러러 탄식하며 말하였다.

"장군을 위하여 한 말인데, 내 말을 듣지 않고 가려 하니, 마침내 위기

를 면치 못하리라."

응서가 징을 쳐 군사를 거두고자 하니, 홍립이 크게 화를 내며 말했다.

"장군은 병법을 아는가, 모르는가? 병법에 이르기를 '허즉실(虛卽實)이요 실즉허(實卽虛)라'(보기에 빈 것 같으나 속은 충실하고, 겉보기에 충실한 것 같으나 속이 비어 있음. 즉 허라는 것은 실을 낳는 기본이 되며, 실은 허한 곳에서 생긴다는 뜻) 하였으니, 나는 군중의 대장이요, 그대는 나의 장수라. 어찌 내 말을 듣지 않는가?"

응서가 탄식하여 말하였다.

"장군이 만일 갔다가 무슨 패가 있어도 소장을 원망치 마시오."
하고 행군하여 여러 날 만에 일본에 도착하여 동설령에 다다랐다.

이때에 왜장이 대군을 거느리고 조선에게 진 것을 생각하고 분함을 이기지 못하여 군사들을 밤낮으로 훈련시켰다.

하루는 하늘의 기운을 보니 조선의 대군이 일본을 무찌르고자 하였다. 이에 신하들을 모아 의논하였다.

"내가 천기를 보니, 조선 대군이 우리나라를 침범하려 하니 미리 방어할 준비를 하라."
하고 연광도의 팔락(八樂)을 명하여 군사 이만을 주며 말하였다.

"그대 군사를 거느리고 동설령에 숨어 있다가 모월 모일 모시에 적병이 나타나거든 한꺼번에 달려들어 치라. 만일 적병이 지나가지 않거든 군사들과 돌아오라."

이에 팔락이 명을 받고 군사를 거느리고 동설령 좌우에 숨어 있었다.

우리 임금이 일본에 들어가기 전에 응서와 홍립에게 말하였다.

"동설령은 험하여 군사가 걸어서 가기 힘들 것이다."

그러므로 홍립이 의심치 아니하고 군사를 재촉하여 동설령으로 향하였다. 갑자기 복병이 나와 치니 만 리 먼 길을 와서 기운이 빠진 군사들이 어찌 이를 감당하겠는가? 홍립과 응서가 불의의 난리를 당하여 어찌할 바를 모르다가 이십만 대군을 잃었으니, 그 주검이 태산 같고 피가 흘러 강을 이루니, 응서가 하늘을 우러러 탄식하여 말하였다.

"장군이 내 말을 듣지 않고 이 난리를 만났으니 뉘우친들 무엇하리. 만리타국에 들어와 이십만 대군을 잃고 본국으로 들어간들 무슨 면목으로 전하를 뵐 수 있을까? 여기서 그냥 살다가 죽느니만 못하다."

하고 응서가 홍립을 꾸짖어 말하였다.

"이것이 누구의 탓인가? 장군의 탓이로다."

그러고는 하늘을 우러러 탄식하였다.

"하늘은 우리를 보살피소서."

문득 뒤쪽에 함성이 진동하며 따라가는 군사가 급한데, 두 장수가 크게 화를 내어 정신을 가다듬어 칼을 춤추며 좌우로 쳐들어가니 칼날의 반짝이는 빛이 눈서리 같고 빠름이 비바람 같았다. 좌충우돌하기를 아무것도 거칠 것 없이 하니, 이르는 곳에 장졸의 머리가 가을바람에 떨어지는 낙엽 같았다.

이때 왜왕이 삼봉산에 올라 승패를 보다가 쟁을 쳐 군사를 거두고 말하였다.

"조선 장수의 검술을 보니 신기하기만 하구나. 저런 영웅이 조선에 있으니, 청정이나 소섭은 팔십만 기병을 거느렸다고 하나, 어찌 이들을 이기겠는가? 이제 장수를 모아 검술로 조선 장수를 죽이지 못하면 일본이 망하겠구나."

왜왕이 즉시 연광도 팔락에게 명을 내렸다.

"임진년 원수를 갚고자 하니 그대들은 힘을 다하여 원수를 갚으라."

왜장 팔락과 홍대성이 명을 받고 나오니 두 장수 검술은 옛날 초패왕이라도 당치 못한다 하겠다. 즉시 백사장에 나와 진을 치고 두 장수가 진 앞에 나서며 외쳤다.

"적장은 오늘날 검술로 결판을 내자."

응서가 이를 듣고 분함을 참지 못하여 검술로 적장과 결단을 내고자하니, 홍립이 말리며 말하였다.

"적장의 검술이 천인(天人) 같다 하니, 장군이 감당하기 어려울 듯하오. 그러니 어찌 승부를 다투려고 그러시오?"

홍립의 말에 응서가 더욱 분함을 이기지 못하여 홍립을 꾸짖어 말하였다.

"처음부터 내 말을 듣지 않아 오늘 이런 큰 난리를 만나니 누구를 원망하겠는가?"

홍립이 위로하였다.

"장군은 안심하시오. 우리 둘이 힘을 다하여 싸우다가 죽을지언정 대장부 어찌 죽기를 두려워하겠는가?"

두 장수는 분한 마음이 사무치는 가운데 밤을 새웠다.

이때 왜왕이 수많은 장졸을 죽이고 군신을 모아 상의하는데, 좌연이란 신하가 말하였다.

"신의 소견으로는 적진에 서신을 보내어 양 진에서 각각 두 장수씩 나가서 검무하여 승부를 겨루자 하시는 것이 어떨까 하옵니다."

왜왕이 그 말을 따라 즉시 서신을 써 보냈다. 홍립이 이를 보고 기운이 빠져 말하였다.

"이제는 항복해야 할 때가 되었나 보다."

응서가 분하여 크게 꾸짖으며 말하였다.

"차라리 죽을지언정 어찌 적장에게 항복하여 살려고 하겠는가?"

즉시 답장을 보내어 다음날 승부를 겨루기로 언약하였다.

김응서와 강홍립이 왜왕에게 항복하다

이때 왜왕이 높은 산에 올라 자리 잡고 여팔도, 여팔락 두 장수를 불러 말하였다.

"과인이 경의 재주를 알고 있으니 힘을 다하여 임진년 원수를 갚으라."

곽선이 말하였다.

"대왕은 염려 마옵소서. 여팔도와 여팔락의 재주는 옛날 삼국의 조자룡이라도 더하지 못할 것입니다."

삼십 리 정도에 진세를 이루니, 두 장수가 큰소리치며 말하였다.

"적장은 빨리 나와 승부를 겨루자."

하고 칼춤을 출 때 칼날의 빛이 검은 구름 위에 번개 같았다. 홍립이 응서를 말려 말하였다.

"저런 것이 장수로 나왔으니 대적하기 어렵소. 장군은 어쩌자고 그러하시오?"

응서가 크게 꾸짖으며 말하였다.

"저 같은 담력과 지혜로 어찌 대장이 되었는가. 한 번 싸워 사생(死生)을 결정하겠소. 어찌 왜적을 돌려보내겠는가?"

응서가 즉시 군복도 벗고 학창의(웃옷의 한 가지. 흰 웃옷에 가장자리를 돌아가며 검은 헝겊으로 넓게 꾸민 옷)를 입고 칼을 버리고 맨손과 맨주먹으로 대적하고자 하였다. 홍립이 더욱 말리자 응서는 이렇게 말하였다.

"적장의 칼춤을 보니 오히려 두렵지 않은지라, 장군은 너무 겁내지 마시오."

하고 크게 외쳤다.

"적장은 물러서지 말고 가까이 나오너라."

왜왕이 살펴보니, 응서가 몸에 갑주를 벗고 다만 학창의만 입고 손에 무기 하나 들지 않고 적진에 나섰으니 왕이 크게 웃었다.

"적장이 스스로 용맹을 믿고 우리를 업수이 여겨 벌써 경계 안으로 들어왔으니 자취를 감추지 않는다면 여기서 벗어나지 못할 것이다."

왜장 여팔도와 여팔락이 의기양양하여 나오니, 응서가 크게 꾸짖으며 말하였다.

"너는 우리 군사 없음을 업수이 여기느냐?"

왜장 둘이 칼춤 추며 달려드는데도 응서가 모른 체하고 눈을 반만 감고 섰다. 또한 적장 두 사람의 칼이 응서의 몸을 자주 치니, 응서가 그제야 소리를 우레같이 지르고 몸을 공중에 솟아오르게 하여 두 발로 두 장수를 치니 두 장수가 칼을 버리고 입으로 피를 토하고 거꾸러져 죽었다.

응서가 눈을 부릅뜨고 왜장들을 크게 꾸짖었다.

"너희가 우리 군사 없음을 업신여겨 감히 경솔히 놀리느냐? 이렇게 방자하니 한칼로써 너를 없애고 너의 임금을 베어 우리 전하에게 바칠 것이다."

왜장이 이 말을 듣고 크게 놀라서 임금께 아뢰었다.

"조선 장수의 재주를 보니 묘책이 없으니 어찌하리오?"

신하들이 아뢰었다.

"팔락과 홍대성의 검술을 당할 자 없을까 하였더니, 이제 적장 응서의 재주를 보니 우리나라에는 없을 듯합니다. 적장을 달래어 화친하는 게 어떻겠습니까?"

왜왕이 이 의견을 옳게 여겨 즉시 사신을 보내어 응서와 홍립에게 화친함을 청하였다.

이때 응서가 적장을 베고 본진에 들어가서 홍립에게 말하였다.

"오늘날 내 재주를 보니 어떠하시오?"

홍립이 말하였다.

"만일 장군의 재주가 아니었다면 어찌 적장을 죽일 수 있었겠소?"

하고 본국으로 돌아가기를 상의하는데, 문득 왜왕의 편지가 왔다고 고하였다. 이를 떼어 보니 이렇게 쓰여 있었다.

> 그대 비록 우리에게는 적장이나 조선에는 충신이오. 우리 장수를
> 죽였으나 나라를 위한 일이라 어찌 그것을 탓하겠소. 조금도 의심하
> 지 말고 오늘 잔치에 참석하여 좋은 뜻을 저버리지 마시오. 그대 비록

적을 무찌르는 용맹이 있으나 외국 땅에 들어와 외롭고 우리가 비록 약하나 오히려 강한 군사와 용맹한 장군이 많소. 한 번 병마를 움직이면 죽음을 당할 것이니 그때 가서 뉘우치지 마시오.

홍립이 이 편지를 다 보고 난 후 홍립이 응서를 돌아보며 말하였다.

"이제 왜왕이 우리를 잡아 두려고 하는데, 장차 어찌하겠는가?"

홍립이 말하였다.

"비록 그러하나 길이 막혀 들어가지 못하겠구나. 일이 이렇게 되니 그곳에 들어가 동정을 살핀 후 다시 일을 처리하는 것이 어떠하겠는가?"

응서가 가만히 있을 뿐 어찌해야 할지 모르니 마지못하여 왜군 사신을 따라 들어갔다. 왜왕이 용상(龍床)에 앉아 두 장수를 청하여 윗자리에 좌석을 주고 말하였다.

"임진년 병란은 서로 마찬가지였소. 누구를 탓하겠는가. 장군 등이 왕명을 받아 타국에 들어와 수많은 군사를 죽였으니 무슨 면목으로 고국에 돌아가겠는가. 옛날 초나라와 한나라가 서로 싸울 때 한신이 초나라에서 나와 한나라에 돌아갔다 하여 사백 년 기업을 이루었소. 장군은 옛일을 본받아 길이길이 부귀를 누리는 것이 어떠하오? 우리나라가 좁아서 조선을 통합하고자 하는데, 장군들이 귀순한다면 이 얼마나 기쁜 일이겠는가?"

응서와 홍립이 서로 돌아보고 아무 대답이 없었다. 왜왕이 관대하게 대하나 응서는 끝까지 받아들이지 않았다. 왜왕이 이에 삼 일 큰 잔치를 베풀어 풍류(風流)와 주색(酒色)으로 그 마음을 즐겁게 하였다. 그래도 기뻔 기색이 없었다. 왜왕이 여러 신하들을 모아 놓고 의논하였다.

"강홍립은 비록 용장이나 신의 없는 사람이요, 김응서는 용맹뿐 아니라 믿을 만한 사람이니 이제 두 사람을 각각 사위로 삼는 것이 어떤가?"

신하들이 말하였다.

"그 말씀 마땅하오니 전하가 두 장수를 불러 우리의 좋은 뜻을 전하소서. 만일 순종치 않거든 죽이는 것이 옳을 듯합니다."

왜왕이 이를 듣고 기뻐하며 즉시 태서라는 신하를 보내어 두 장수에게 권유하라 하였다. 태서는 본래 조선 사람으로서 잡혀 왔다가 여기서 높은 벼슬을 얻어 왜인이 된 사람이다. 왕명을 듣고 물러가 관역에 나와 응서와 홍립을 보고 왜왕의 뜻을 전하였다.

"만일 호의를 거역하면 돌아가기 어려울 것이오."

홍립이 말하였다.

"저의 청하는 뜻을 알게 되니 듣기가 어려운가 하노라."

응서가 말하였다.

"어찌 호랑이가 개에게 속하리오?"

태서가 말하였다.

"왕의 소견을 거역하면 목숨을 보전하기 어려울 것이니, 왕의 말을 듣고 그 형편을 보아 나중에 돌아가면 그 소원을 다 이룰 것이오. 나도 함께 고국에 돌아가면 얼마나 기쁘겠소?"

응서가 태성의 말을 듣고 이를 허락하기에 태서가 돌아갔다.

두 사람이 부득이 조정에 들어가니 왕이 자리를 내주고 위로하여 말하였다.

"경들이 타국에 들어가 패군하였으니 어찌 마음이 평안하겠는가? 이제 한잔 술로써 고향을 떠나 있는 마음을 위로하고자 하니, 사양하지 말라."

응서는 심사가 불편하나 마지못하여 홍립이 허락하는 것을 보고만 있었다. 왕이 두 장수가 순종한 것을 보고 기뻐하여 즉시 좋은 날로 택일하여 혼례식을 올리니, 신부의 찬란한 모양과 신랑의 황홀한 모양은 대단했고, 혼례 또한 호화로웠다. 또한 큰 잔치를 베풀어 계속 즐기고, 강 장군을 매서군(妹壻君, 왕의 매부)으로 삼고 김 장군을 서식군(壻息君, 왕의 사위)으로 삼으니 두 사람 다 일본의 부귀를 누리게 되었다.

김응서와 강홍립이 죽다

세월이 물같이 흘러 일본에 들어온 지 벌써 삼 년이 되었다. 하루는 왜왕이 큰 잔치를 베풀고 매서군과 서식군을 데리고 함께 즐기더니 날이 저물자 잔치를 끝내고 두 사람이 물러갈 때 응서가 홍립의 침소에 이르러 말하였다.

"장군은 고국에 돌아갈 뜻이 없는가?"

홍립이 얼굴색이 바뀌며 말하였다.

"어찌 돌아갈 마음이 없겠는가마는 길이 막혔으니 어찌 그곳에 가며 여러 해를 이곳에 머물러 부귀를 누렸으니, 어찌 하루 아침에 배반하겠는가?"

응서가 말하였다.

"어찌 임금의 큰 은혜를 저버리고 타국을 섬겨 부귀를 취하겠는가?"

홍립이 말하였다.

"비록 조선에 돌아가나 어찌 이에서 더 부귀를 누리겠는가?"

응서가 크게 꾸짖으며 말하였다.

"그대가 잠깐의 부귀를 흠모하여 고국을 생각지 않으니 어찌 부끄럽지 않은가? 내 맹세코 왜왕의 머리를 가지고 우리 둘이 앞뒤를 맡아 싸우면 어찌 돌아가지 못하겠는가? 나라의 은혜가 한이 없고 부모와 처자식을 생각하니 천지가 망극할 뿐이다. 어찌 슬프지 않겠는가? 대장부 불충불효를 무릅쓰고 어찌 세상에 서겠는가?"

홍립이 응서의 말을 듣고 마음이 부끄러워 거짓 허락하고 인하여 들어가 가만히 왜왕에게 그 사실을 알리니 왕이 다 듣고 놀라며 즉시 문무를 모아 이 일을 의논하였다. 그러자 신하들이 아뢰었다.

"전에 두 사람이 귀순할 때 매서군은 쾌히 승낙하였으나 서식군은 매번 돌아갈 뜻이 있더니 이제 배반하려고 하는군요."

왜왕이 크게 화를 내었다.

"과인의 두터운 은혜를 저버리고 도리어 나를 해치고자 하니 어찌 통탄하지 않겠는가?"

하고 등촉을 밝히고 두 사람을 불렀다.

"과인이 너희 목숨을 안쓰럽게 여겨 죽이지 않고 도리어 직위를 높이고 귀하게 여겨 부귀를 주었더니 무슨 원한이 있어 감히 흉계를 꾸미느냐? 옛 사람의 충성을 본받아 고국에 돌아가려 하면 보내주겠다. 그런데 은혜를 저버리고 나를 해치려 하다니 용서할 수가 없다."

하고 무사를 불러 빨리 베라 하니, 응서가 자신의 뜻이 들통난 것을 알았으나 죽음을 면할 수는 없었다. 이에 큰 소리로 매섭게 말하였다.

"네 하늘의 뜻을 알지 못하고 한갓 강포만 믿고 나를 죽이려 하는구나. 네 들어라. 내 충성을 다하여 수만 군중을 거느리고 이곳에 들어와 네 머리를 베어 우리 임금께 드리고 임진년 원수를 씻고자 하였는데, 홍립의 간계에 빠져 대사를 그르치니 분하기 그지없다. 하늘이 돕지 않아 나를 이곳에서 죽게 하시니 죽어도 서럽지 않거니와 나라를 배반하는 역적 강홍립에 대한 분함이 더할 수 없다."

홍립이 마침 왜왕 곁에 섰는데, 응서가 칼을 날려 급히 치니 홍립이 크게 외마디소리를 지르고 거꾸러져 죽었다. 응서가 이미 홍립을 죽이니 한편으로는 기뻐 하늘에 감사하고 칼을 들어 제 허리를 베어 던졌다. 이때 응서가 타던 말이 마구간에서 뛰어나와 응서의 머리를 찾아 물고 푸른 바다를 건너가 버렸다.

임금이 김응서의 죽음을 알게 되다

조선에서는 임금이 응서와 홍립을 만리타국에 보내 놓고 적진의 승패와 소식을 몰라 밤낮으로 염려하였다. 그러던 중에 응서의 말이 바다를 건너 밤낮으로 달려 평안도 용강 땅에 도착하였다.

이때 응서의 부인이 낭군을 만리타국에 보내고 이미 삼 년이 되도록 소식을 몰라 밤낮으로 기다리고 있었다. 봄이 되어 꽃을 대하면 그리움이 눈썹에 맺히고 가을이 되어 명절을 맞이하면 그리움이 더하였다.

하루는 밤이 깊도록 이리저리 뒤척이며 잠을 이루지 못하고 촛불을 밝히고 괴로이 시름하고 있었다. 홀연 몸이 떨리고 아득한지라, 일어나 앉아서 탄식하며 말하였다.

"밝은 하늘은 바라는 것을 살피시어 낭군이 이기고 고국에 돌아오게 하소서."

슬픔을 진정하지 못하여 눈물을 흘리는데, 마침 문밖에 난데없는 말발굽 소리가 났다. 반겨 나가 보니 낭군의 말이 왔는데, 고삐를 잡고 보니 낭군은 어디 가고 사람의 머리만 물고 온 것이었다. 놀라서 자세히 살펴보니 이는 낭군의 머리였다. 머리를 안고 땅에 구르며 통곡하니 자주 넋을 잃고 기절하였다. 그 얼굴은 차마 눈 뜨고 볼 수 없을 지경이었다.

부인이 말을 붙들고,

"너는 비록 짐승이지만 만리타국에서 임자의 머리를 찾아 집으로 돌아왔으나 낭군은 타향의 원혼이 되어 어찌 돌아오지 못하는가!"

하고 말하며 슬피 통곡하니, 짐승들과 산천초목마저 다 슬퍼하는 듯하였다.

부인은 날이 밝기를 기다려 웅서의 머리를 나무로 만든 상자에 넣어 가지고 길을 떠나 한양으로 향하여 삼 일 만에 도착하였다. 궁궐 안으로 들어가 사정을 하소연하니 내시가 들어가 임금에게 아뢰었다. 임금이 보시고 크게 놀라 말하였다.

"삼 년이 지나도록 소식이 없어 걱정했는데, 이렇게 생각지 않은 변이 있을 줄 어찌 알겠는가?"

하고 그날 예부에 명하여 제문을 지어 제사 지내고 벼슬을 높여 주었다. 머리를 목함에 넣어 좋은 곳에 장사 지내게 할 때, 각 고을에 문상하라고 하고 백미 일백 석을 주어 응서와 군졸들을 위로하고 영혼을 편안히 보내도록 하라고 하였다.

하루는 임금이 자리에 앉아 잠깐 졸고 있는데 김응서가 갑옷과 투구를 갖추고 들어오니 임금이 크게 반기며 묻고자 하니, 응서가 엎드려 말하였다.

"소장이 명을 받고 일본에 들어갔는데, 강홍립의 간계에 빠져 수만 군사가 중간에 다 죽었기에 돌아오려 하였습니다. 그러나 분함을 참지 못하여 홍립을 데리고 일본에 들어가 동정을 살핀 후에 왜왕의 머리를 베어 가지고 일본을 멸망시키고 임진년 원수를 갚고자 하였지요. 왜왕이 의(義)로써 대접하니 마침내 뜻을 이루지 못하고 삼 년이 흘렀습니다. 전하가 기다리신다는 것을 생각하고 하루는 홍립과 의논하고 왜왕의 머리를 베려고 하는데, 역신(逆臣) 홍립이 왜왕에게 이 사실을 알리는 바람에 실패하고 말았습니다. 신이 죽기를 각오하고 분함을 이기지 못하여 홍립을 먼저 죽이고 신이 스스로 자결하여 이러한 몸이 되었습니다. 신의 죄 죽어 마땅합니다. 신이 저승에 돌아가 원혼이 되었사오니 성은이 망극하여, 신이 삼 년 후 다시 돌아와 전하를 섬기겠습니다."

말을 마치고 온데간데없이 사라졌다. 임금이 놀라 깨어 보니 꿈이었다. 임금이 한탄하고 이튿날 문무백관을 모아 꿈 이야기를 하고 다시 제문을 지어 응서의 혼령을 위로하고 슬퍼하니 신하들이 모두 안타까워하였다.

한편 왜왕이 응서를 죽이고 다시 신하들을 모아 의논하며 말하였다.

"이제 조선 맹장 둘이 죽었으니 두려울 것이 없다. 다시 조선을 쳐 임진년 원수를 갚으리라."

그리고 병마를 훈련시켜 배를 새로 준비하였다.

사명당이 일본의 항복을 받으러 가다

이때 우리나라 평안도 영변 향산사에 한 도승이 있었다. 그를 서산대사(西山大師, 법명은 휴정. 임진왜란이 일어나자 팔도에 격문을 돌려 승군을 일으키니 관동의 송운, 호남의 처영, 뇌묵 등이 따랐음. 유정에게 병사를 맡기고 묘향산에 들어가 여생을 보냄)라 하였다. 어릴 때부터 불경(佛經)을 통달하여 어진 도덕이 몸에 배었다.

하루는 밤이 깊도록 잠을 이루지 못하고 불경을 외우다가 밖에서 기이한 소리가 나니, 이상히 여겨 나와 보았다. 밖에는 아무것도 없어 하늘을 우러러 살펴보니 익성(翼星, 이십팔수의 스물일곱째 별)이란 별이 방위를 떠나 서쪽으로 향하여 없어지니 모든 별이 서쪽을 응하고 있기에, 대사가 홀로 탄식하며 말하였다.

"왜인이 임진년 원수를 갚고자 하니, 이제 왜인이 조선을 침범하면 종묘사직이 위태하고 우리 불도도 위태하겠구나."

하고, 법당에 들어가 제자 사명당(유정)을 불러 말하였다.

"세상에 나와 불경을 숭상하며 산당에 거처하여 이 한 몸이 평안함은 임금의 덕택이라. 아까 밖에 나가 천문을 보니 왜왕의 주성이 방위를 떠나 서쪽을 향하니 이는 조선을 침범함이라. 우리 비록 삭발한 중들이라 절간에 의탁하였으나 온 나라의 백성들이 임금의 신하 아닌 사람이 없고 넓은 세상이 임금의 땅 아닌 땅이 없다. 이런 어려운 때를 만나 이런 형편을 알고 어찌 임금을 돕지 않겠는가?"

사명당이 대답하였다.

"스승님이 이르시지 않았어도 제자도 잠깐 기미를 알고 있었습니다. 스승님이 지휘하시면 곧 명령대로 하겠습니다."

대사가 사명당의 법술을 알기에 이렇게 말하였다.

"내 나이 늙어 절 밖을 나가지 않은 지 몇십 년이다. 나라에 나가 이 말씀을 전하고 일본에 들어가 왜란을 평정할 것이다. 행동을 마음대로 할 수 없으니 어찌 처리하겠는가?"

사명이 대사가 슬퍼하는 것을 보고 말하였다.

"사부는 슬퍼하지 마십시오. 제가 지휘하게 하소서."

대사가 크게 기뻐하며 곧 나설 준비를 서둘러 스승과 제자가 길을 떠나 경성에 올라와 대궐 아래에 이르렀다. 아는 바를 전하니 승지가 듣고 즉시 임금에게 알렸다. 임금이 이 말을 듣고 부르니 대사가 들어가 엎드려 네 번 절하였다. 임금이 눈을 들어 보니 그 중이 그 모습이 세상 사람과 다르고 행동 또한 당당하여 보통 중이 아님을 알았다.

임금이 물었다.

"그대는 어느 절에 살며 무슨 말을 아뢰고자 하느냐?"

그 중이 합장하며 말하였다.

"소승은 평안도 영변 묘향산에 사는 중으로, 십 세 전에 중이 되어 불경을 숭상하고 있었습니다. 국운이 불행하여 임진년 왜란을 만나오니 어찌 안타깝지 않겠습니까? 하늘의 도우심으로 왜란이 진정되어 전하께서 궁으로 돌아오시어 백성들이 편안하오나, 의외에 김과 강 두 장군이 일본에 들어가 군사들을 다 잃었으니 어찌 분하지 않겠습니까? 소승이 세상 사람과 달라 국난을 받들지 못하였으니 죽어 마땅하옵니다."

임금이 이 말을 듣고 다시 탄식하였다.

"네 비록 중이나 국가를 근심하니 기특하구나."

함께 난세를 의논하는데, 그 중이 엎드려 절하며 말하였다.

"소승이 밤낮으로 불경을 읽다가 홀연 원통한 마음이 들고 꿈에 부처님이 이르시기를 일본이 장차 군사를 일으켜 조선을 침범한다고 하기에 놀라 깨었습니다. 밖에 나와 천문을 살펴보니 익성이 자리를 벗어났으니 반드시 조선을 침략하고자 하는 것입니다. 아무리 중이라고 해도 어찌 화가 나지 않겠습니까?"

대사가 편지 한 통을 주기에 임금이 받아 보았다.

그대 세존의 제자로 국가를 근심하고 백성의 편안함을 원하므로 정성에 감동하여 상제께 전하고 삼해 용왕을 보내나니 충성을 다하여 나라에 큰 난리가 없게 하라. 또한 왜왕도 익성으로서 상제께 죄를 저질러 왜왕이 되었으니 지나치게 보채지 말라. 일본의 항복을 받으면 장차 태평하리라. 부디 큰 공을 세워 이름이 사방에 울려 퍼지게 하라.

사명당이 용궁의 편지를 가지고 즉시 단을 쌓고 단상에 올라 사방의 바다를 향하여 수없이 두 손 모아 절하고 대사에게 하직을 고하였다.

대사가 말하였다.

"부디 조심하여라. 왜왕이 필연 너를 떠보려고 다섯 가지를 요구할 것이다. 그중 어려운 일이 있거든 향산을 향하여 네 번 절하면 도움을 받을 것이다."

사명당이 스승의 말씀을 듣고 길을 떠날 때 모든 신하가 십 리 밖에 나와 배웅하였다. 각 읍에 선문(先文, 지방에 출장갈 때 미리 도착할 날짜를 알리던 공고)을 놓고 떠날 때 동래 부사 송정이 이것을 보고 웃으며,

"조정에 사람이 그렇게 많은데 어째서 중을 보내는가. 이는 더욱 망할 징조로구나."

하는데, 하인이 알렸다.

"사명당이 행차하는데 어찌 접대할까요?"

송정이 분부를 내렸다.

"보통 때와 같이 대접하라. 제가 비록 부처라 한들 내 어찌 곧이듣겠는가?"

송정이 대수롭지 않게 여기니, 하인이 분부를 듣고 나와 부사의 말을 전하고 말하였다.

"지방관의 도리에 사신을 모시라는 명을 무시하니, 반드시 화를 면하지 못할 것이오."

그 후 삼 일 만에 사명당 일행이 도착하였다. 송정은 대접하는 도리와 남의 요구에 응하는 일이 가장 소홀하였다. 사명당이 이에 매우 화가 나서 객사(客舍)에 앉아서 무사에게 명하여 송정을 잡아 무릎 꿇게 하였다.

"그대 벼슬이 비록 옥당이나 지방관이요, 내 비록 중이나 한 나라의 대

사마대장군(大司馬大將軍, 병조판서를 옛스럽게 일컫는 말)이며 명을 받드는 사신인데, 그대 한갓 벼슬만 믿고 나라의 명을 대수롭지 않게 여겨 방자함이 이와 같이 그대를 베어 국법의 엄함을 보여 주리라."

하고 즉시 동래 부사 송정을 먼저 처형하고 임금께 아뢴 후 길을 떠날 때 순풍을 만나 배가 출발하였다.

왜왕이 사명당의 능력을 시험하다

왜왕이 원수를 갚고자 하여 매일 군마를 훈련시키고 조선 칠 모책을 의논하고 있었다. 이때,

"전갈이 왔습니다."

하니, 왜왕이 즉시 그것을 뜯어 보았다.

"조선 사명당 생불사신(生佛使臣, 살아 있는 부처와 같은 사신)이 들어온다."

라고 쓰여 있자, 왜왕이 크게 놀라 신하들을 제신을 모아 의논하였다.

"우습고 이상하기도 하다. 어찌 조선 같은 조그만 나라에 생불이 있는가. 이는 반드시 우리를 업신여겨 생불이라 하였는지도 모르겠구나. 조선이 부처를 보내노라 한 것은 계교가 없어 우리에게 의심을 품게 하고자 함이라."

신하들이 말하였다.

"이제 생불이 온다고 하였으니 글을 지어 병풍을 만들어 양옆에 세우고 그 위에 일만 오천 구(句) 글을 지어 병풍에 쓴 뒤 자리를 치고 문을 닫아 두소서. 그가 도착하여 말을 몰아 병풍 안에 들거든 달리는 말에 갈

아 태워 아주 빨리 지나가게 하고, 만일 그 병풍의 글을 외우지 못하면 죽이십시오."

왜왕이 옳게 여겨 그대로 하였다. 이때 사명당이 서둘러 조정에 다다르니 날이 이미 저물었다. 문득 방포 소리가 나며 말을 갈아 태우고 등촉을 밝혀 말을 급히 몰아가더니 이윽고 조정에 들어갔다. 왜왕이 사명당에게 물었다.

"그대가 부처라 하니 오다가 길 양쪽의 병풍의 글을 보았는가?"

"어찌 그만한 것을 모르겠소?"

"그대가 그 병풍의 글을 외울 수 있겠는가?"

사명당이 왜왕의 말을 듣고 일체 생각하는 바 없이 음성을 밝게 하여 읊었다. 일만 오천 칸 병풍의 글을 낱낱이 외우되 한 칸 글을 읽지 않았다. 왜왕이 얼굴색이 변하여 말하였다.

"그대 어찌 한 칸 글은 읽지 않는가?"

사명당이 말하였다.

"그것은 보지 못하였으니 어찌 외우겠소?"

왜왕이 꾸짖어 말하였다.

"마찬가지로 세웠는데 어찌 보지 못하는가?"

왜왕이 이상하게 여겨 사람을 보내 잘못이 있나 없나를 살피게 하니, 과연 바람에 병풍이 접혀서 못 본 것이 사실이었다. 돌아와 이대로 고하니 왜왕이 이 말을 듣고 놀라서 얼굴색이 변하였다.

사명당이 관역에 돌아오니 왜왕이 신하들을 모아 의논하였다.

"이제 사명당의 거동을 보니 듣는 말과 같아 법력(法力)이 심상치 아니

한데, 장차 어찌하리오?"

"이 앞에 승당이란 못이 있는데 깊이 서른 길이나 됩니다. 사명당에게 방석을 주어 물 위에 띄우고 그 못에서 놀게 하소서. 만일 부처가 명백하다면 물에 가라앉지 않을 것입니다."

왜왕이 이러한 신하들의 말을 따라 사명당을 청하여 앉게 하고 말하였다.

"이 앞에 승당이란 못이 있는데, 경치가 뛰어나다오. 한 번 구경함직하니 저 방석을 타고 물 위에서 구경하면 어떻겠는가?"

사명당이 사양하지 않고 조선을 향하여 네 번 절하고 그 방석을 물에 띄우고 그 위에 올라앉았다. 그제야 모든 사람이 긴 막대로 방석을 밀었더니 가라앉지 않고 바람을 따라 이리저리 떠서 다녔다.

그러자 왜왕이 사명당을 청하여 위로하며 별당에 들이고, 문무백관을 모아 의논하였다.

"오늘 밤 사명당 침방에 뜨겁게 달군 철을 깔고 큰 풀무를 놓은 후 사명당을 들게 하고 사방에서 일시에 풀무질을 하면 부처인지를 알 수 있을 것입니다."

이날 사명당이 기와 한 장을 가지고 방에 들어가 쉬려 하더니 왜놈이 문을 봉하고 사면으로 풀무를 부니 그 방에 든 자 어디로 가겠는가. 사명당이 뜨거운 열기가 위험함을 보고 조선을 향하여 네 번 절하고 팔만대장경을 외우니 문득 지하에서 불이 스스로 스러지고 찬 기운이 올라 밤중에 서리가 가득하였다.

이튿날 왜왕의 사자가 명을 받아 문안하니 사명당이 문을 열고 나와 크게 꾸짖었다.

"돌아가 네 국왕에게 자세히 전하라. 내 조선서 들으니 일본이 매우 덥다 하더니 이에 와 보니 더운 곳이 아니구나. 방이 차가워 잠을 편히 못 잤으니 따뜻한 곳으로 잠자리를 옮겨 달라고 하라."

사자가 이 말을 듣고 몹시 놀라서 어쩔 줄 모르며 돌아가 왕을 보고 자세히 전하였다. 왜왕이 이에 놀라 군신을 다시 모아 의논하였다.

"이제 조선 사신이 생불인 것이 분명하니 어찌할까?"

예부 상서 한자경이 아뢰었다.

"전하, 신의 말을 듣지 않다가 이리 되었으니 후회한들 무슨 소용이 있겠습니까? 조선의 사자가 깊은 못에 들어도 빠지지 않고 뜨겁게 달군 철이 있는 방을 오히려 얼음 창고같이 지내오니 이는 보통 사람이 아닙니다. 반드시 큰 화를 면치 못할 것입니다."

왜왕이 놀라서 말하였다.

"그러면 앞으로 어찌하면 좋겠는가?"

문득 삼도 태수가 아뢰었다.

"지난 일은 지난 일이옵고 다시 마음을 떠볼 일이 있습니다."

그리고 오색 방석을 만들어 놓고 떠보기 위해 즉시 큰 잔치를 베풀고 사명당을 청하였다. 사명당이 들어와 보니 오색 방석을 놓았거늘 사명당이 비단 방석에는 신을 벗지 않고 백목(白木) 방석에 신을 벗고 들어가 앉았다. 그러자 왜왕이 물었다.

"어찌 비단 방석에 앉지 않고 백목 방석에 앉는가?"

사명당이 말하였다.

"비단 방석은 벌레들 집에서 나온 것이요, 백목은 꽃이라 더럽지 않습니다."

왜왕이 아무 대답도 하지 않았다. 하루 종일 잔치를 즐기고 날이 저물자 잔치를 끝내니 사명당이 숙소로 돌아왔다.

백관이 아뢰었다.

"오늘 잔치에 조선 사신을 보니 술과 안주를 좋아하오니 부처는 아니라 무슨 법술을 배워 사람을 미혹케 하는 것이옵니다. 만일 이 사람을 살려 돌려보내면 반드시 뒷날에 근심이 될 것이옵니다."

왜왕이 말하였다.

"그러면 어찌하여야 죽일 것인가? 그대들의 의견을 듣고자 하노라."

채만홍이 말하였다.

"신의 소견으로는, 철마(鐵馬)를 만들어 불같이 달구고 사명당을 태우면 비록 부처라도 살아남지 못할 것이옵니다."

왜왕이 그 말을 옳게 여겨 즉시 풀무를 놓고 철마를 지어 만든 후 백탄을 산같이 쌓고 철마는 그 위에 놓아 불같이 달군 후에 사명당을 청하여 말하였다.

"그래, 저 말 위에 누구든 타게 되면 부처 법력을 알 수 있을 것이오."

사명당이 납으로 된 관을 쓰고 조선을 향해 네 번 절하였다. 문득 서쪽에서 오색 구름이 일어나며 천지가 희미하거늘 사명당이 마지못하여 철마를 타려 하니 홀연 벽력 소리가 진동하며 천지가 무너지는 듯하고 태풍이 일어나 모래를 날리고 돌이 달음질하고 산 밖으로 담아 붓듯이 와 사람이 바로 눈앞도 구별하지 못하겠다. 눈 깜짝할 사이에 성안에 물이 밀려들어 바다가 되고 성 밖의 백성들이 물에 빠져 죽는 자 수를 헤아릴 수 없다. 사명당 있는 곳은 비 한 방울 젖지 않았다. 왜왕이 이를 보고 더욱 놀라서 말하였다.

"어찌하여 하늘의 권위를 인정하지 않겠는가?"

왜왕이 사명당에게 항복하다

예부 상서 한자경이 아뢰었다.

"처음에 신의 말씀을 들었으면 어찌 오늘날 근심이 있겠습니까? 조선에 항복하여 백성을 평안히 다스리는 것이 옳을 것입니다."

왜왕이 자경의 말을 듣고 마지못하여 항복문서를 써 보내니 사명당이 높이 앉아서 삼해 용왕을 호령하더니 문득 알려 왔다.

"네 나라 항복받기는 내 손 안에 있거니와 왜왕의 머리를 베어 상에 받쳐 들여라. 만일 그렇지 않으면 일본을 멸망시켜 목숨을 하나도 남기지 않겠다. 네 돌아가 왜왕에게 자세히 알리라."

사자가 돌아가 이 사실을 전하니 왜왕이 이 말을 듣고 머리를 숙이고 할 말을 못 하거늘 관백이 아뢰었다.

"전하는 모름지기 옥체를 보존하소서."

왕이 정신을 차려 살펴보니 남은 백성이 살려고 사면 팔방으로 헤어져 우는 소리, 유월 뜨거운 여름에 큰비 오고 방초 중의 왕머구리(머구리는 개구리의 방언) 소리 같았다. 왕이 이 광경을 보니 온몸이 떨려 진정하지 못하였는데, 관백이 다시 가지고 들어가 사명당에게 주니 사명당이 항복 문서를 보고 크게 꾸짖어 말하였다.

"네 왕이 항복하는데 어찌 감히 나를 속이려 하느냐?"

하고 용왕을 불러 말하였다.

"그대는 얼굴을 드러내어 일본 사람들이 보게 하라."

용왕이 공중에서 이 말을 듣고 사람의 머리를 베어 들고 소리를 벽력 같이 지르고 안개와 구름 속에 몸을 드러내니 사명당이 관백에게 말하였다.

"네 빨리 돌아가 왜왕에게 일러 용의 거동을 보게 하라."

관백이 돌아가 그대로 알리니 왜왕이 눈을 들어 하늘을 쳐다보니 하늘 가운데에 세 마리 용이 구름을 피우고 사람의 머리를 베어 들었으니 형세는 산악 같고 비늘 갑옷이 빛나며 햇살에 부서지고 소리 벽력 같아 천지를 진동하였다. 이진걸이 말하였다.

"본국 금은보화를 다 바치고 항복한다는 글을 올려 간절히 애걸하소서."

왕이 즉시 이진걸에게 명하여 항복문서를 올리니 사명당이 화를 내며 말하였다.

"네 나라 임금의 머리를 베어 들이라고 했는데, 이를 거역하니 일본을 무찔러 피바다를 만들리라."

하고 육환장(六環杖, 법승의 지팡이. 신령스런 법력을 행한다고 함)을 들어 공중을 향하여 기원하니, 문득 천둥 번개가 치며 산악이 무너지는 듯 하늘과 땅이 어두워졌다. 왜왕이 이때를 당하여 혼이 나간 듯 어찌할 바를 몰라 말하였다.

"지금 당장 물이 꽉 차서 궁궐이 잠겼으니 오래지 않아 백성들이 다 물고기가 되겠구나. 이를 장차 어찌할까?"

백관이 아뢰었다.

"온 백성이 다 물에 빠져 죽고 남은 백성도 모두 빠지게 되었으니 전하는 급히 조치를 취하소서."

왜왕이 책상을 치며 크게 통곡하였다.

"방금 형편이 이렇게 되었으니 경들은 염려하지 말라. 내 어찌 만민을 구하지 않겠는가?"

하고 칼을 들어 자결하고자 하나 신하 호걸산이 급히 들어와 울면서 말하였다.

"전하는 아직 몸을 아끼소서."

칼을 쥐고 문무백관이 함께 사명당 앞에 나아가 엎드려,

"오랑캐 나라의 왕이 도리가 없어 부처님을 모르고 죽을 죄를 지었는데, 엎드려 비오니 부처님은 덕택을 드리워 소국 왕의 죄를 용서하시고 억만창생을 살리소서."

하고 말하며 일시에 머리를 조아려 통곡하며 일제히 손을 고쳐 기원하니 사명당이 크게 화를 내며 꾸짖었다.

"빨리 왜왕의 머리를 베어 위험에서 벗어나리라."

백관이 머리를 숙여 용서를 빌며 말하였다.

"소신 등이 왕명을 대신하여 각각 머리를 베겠습니다."

사명당이 그제야 잠깐 그치고 말하였다.

"너의 정성에 감동하여 용서하나니 빨리 왜왕을 결박하여 꿇어 앉혀

라. 빨리 왜왕의 머리를 베어 가지고 일본을 멸망시키리라."

백관들이 이 말을 듣고 왜왕에게 돌아가 그 일을 전하니 노산홍이 아뢰었다.

"일의 형편이 위급하오니 전하는 부처의 말대로 하시면 생명을 보전할 것이요, 만일 늦어지면 큰 화가 닥칠 것이오."

왕이 노산홍의 손을 잡고 통곡하며 말하였다.

"과인이 일찍 경의 말을 들었다면 어찌 오늘날 재앙을 만나겠는가?"

하고 어쩔 수 없이 흰옷을 입고 스스로 결박하여 문무백관을 거느리고 항복의 뜻을 전하고 사명당 앞에 나아가 엎드려 죄를 빌었다.

사명당이 큰 소리로 꾸짖으며 말하였다.

"왜왕은 들으라. 그대 나라가 근본 진시황의 신하로 동남 동녀 오백 명을 배에 싣고 방장 · 봉래 · 영주 삼신산에 들어가 불사약을 얻으러 가노라 하고, 천자를 속이고 이곳에서 도망하여 거짓 신선이라 칭하고, 여러 대를 평안히 지냈다. 이 또한 조선의 덕택이다. 그대 또한 하늘 위의 익성으로 반도회에 참여하여 월궁 항아(姮娥, 달에서 산다고 전해지는 선녀)를 놀린 죄로 상제께 죄를 짓고 인간 세상에 내려와 대왕이 되었다. 임진년에 외람(猥濫, 행동이나 생각이 분수에 지나침)한 뜻을 가지고 조선을 침략하여 생명을 많이 살해하였다. 하늘이 화를 내어 무거운 벌을 내려 너희 군사를 다 멸망시켰다. 네 아무리 속세의 손님이 되었어도 알지 못하고, 조선을 침범하자는 뜻을 다시 보이니 상제가 노하여 사해 용왕을 주시고 너희 죄상을 물으라 하였다. 내 특별히 문죄하나니 어찌 감히 거역하느냐, 빨리 머리를 베어 들이라."

왜왕이 머리를 조아리며 청하였다.

"소왕이 밝지 못하여 하늘의 위세를 떨어뜨렸으니 부디 죄를 용서하소서."

사명당이 말하였다.

"네 이제는 순종할 테냐?"

왜왕이 사죄하며 말하였다.

"물과 불 사이라도 어찌 사양하겠습니까?"

사명당이 말하였다.

"그러면 예단(禮緞, 예물로 보내는 비단)은 바치지 말고 인피 삼백 장씩 해마다 공물을 바치라."

왜왕이 이 말을 듣고 주저하여 바로 답하지 못하니 백관이 아뢰었다.

"전하는 근심하지 말고 순종하소서."

왕이 마지못하여 대답했다.

"그대로 하겠소."

사명당이 또 말하였다.

"그러면 문서를 써 올리라."

왜왕이 이에 문서를 써서 올렸다.

사명당이 보고 말하였다.

"다음에는 조금도 마음에 외람한 뜻을 두지 말라."

왕이 머리를 숙이고 명을 들을 때 이에 용왕을 불러 말하였다.

"이제 왜왕이 항복하니 죄를 용서하노라. 용왕은 바람과 구름, 우레와 비를 거두라."

즉시 하늘과 땅이 맑아지고 달빛이 고요하니 일본 군신, 백성이 저마다 놀라고 칭찬하며 과연 생불이라고 하였다.

이렇게 삼 개월이 지나 사명당이 귀국하려 할 때 왜왕이 만류하였다.

"십 년만 머무르시면 영원히 태평할까 합니다."

사명당이 말하였다.

"대왕의 두터운 정에 감사하며 빈승이 왕명을 받고 이곳에 온 지 삼 개월. 어찌 오래 머무르겠소?"

하고 즉시 떠날 때 왕이 문무백관을 거느리고 백 리까지 나와 마중을 나왔다. 이에 사명당이,

"대왕은 나라를 잘 다스리며 백성을 사랑하시고 백세 무강하소서."

하고 이별하였다.

이때 조선 임금이 사명당을 일본에 보내시고 소식을 기다리는데, 문득 사명당의 편지가 왔다. 그것을 보니 동래 부사를 벤 내용이었다. 임금이 크게 기뻐하사 서산대사를 청하여 말하였다.

"사명당이 동래 부사 송정을 처벌하고 알렸는데 이것은 큰일을 이루는 데 뜻이 있는 것이니, 어찌 근심하겠는가?"

대사가 말하였다.

"임금께서는 근심하지 마십시오. 사명당이 이미 일본의 항복을 받고 돌아올 것입니다."

임금이 말하였다.

"대사 비록 법력이 신통하나 만 리 일을 어찌 알리오?"

대사가 말하였다.

"이번 달 이십 일에 조정에 도착할 것입니다. 만일 그릇 아룀이 있다면 소승이 임금을 속인 죄를 받겠습니다."

과연 며칠이 지나 동래 부사 윤옥의 장계(狀啓, 지방에 나가 있는 신하가 왕에게 보고하는 문서)가 왔다. 읽어 보니 사명당을 처음에 떠보던 일과 왜왕을 항복받던 사연이 일일이 쓰여 있었다. 이에 임금이 크게 기뻐하였다.

"이는 옛날에도 없는 일이구나."

문무백관을 모아 장계를 보여 주며 못내 칭찬하는데 모든 신하들이 말하였다.

"이는 국가가 흥할 복이며 이 같은 법력을 가지고 전의 큰 난리를 당한 것은 모두 하늘의 뜻인가 합니다."

임금이 말하였다.

"그렇다."

그날 즉시 서산대사를 만나 말하였다.

"대사의 말과 같이 사명당이 일본의 항복을 받았다는 문서가 왔으니 보라. 조선이 태평함은 대사의 공이로다."

하고 위로하였다.

조선이 다시 평화를 누리다

이때 사명당이 동래부에서 사흘을 지내며 많은 길을 걸어 오 일 만에 경성에 이르렀다. 서산대사가 이른바 이십일에 올 것이라 한 것이 맞았다. 성에 가득한 백성들이 길을 메우고 구경하며 지르는 기쁨의 소리가 물과 같았다. 사명당이 대궐 안에 다다르니 임금이 듣고 서둘러 만나 위로하였다.

"경이 과인을 위하여 만리타국에 들어가 일본의 항복을 받고 위엄을 빛내니 얼마나 기쁜가?"

이렇게 칭찬하니 사명당이 황송하여 엎드려 아뢰었다.

"어찌 소승의 공이겠습니까? 이는 국가의 복이오니 전하 성덕일 뿐입니다."

임금이 왜왕의 항복받은 내용을 묻자, 사명당이 다섯 가지 자신을 시험한 일과 인피 삼백 장씩 일 년 육 개월마다 바친다는 문서를 받은 일이며 왕과 신하들이 백 리 밖에 전송하던 일을 자세히 아뢰었다. 임금이 듣고 매우 기뻐하였다.

"참으로 기쁘고 영광스러운 일이나 사람의 가죽을 바치게 한 것은 실로 어려운 일이다."

사명당이 말하였다.

"그는 전하 덕택으로 안전하게 있는 것입니다. 소신이 일본 지형을 보니 산천이 험악하고 인물이 간사하고 악하여 사이 좋게 지내기 어렵습니다. 그러니 언제 또 배반할지 모릅니다. 그렇기 때문에 인피를 바쳐 이 다음에는 외람한 뜻을 먹지 못하게 하려는 것입니다."

임금이 말하였다.

"앞으로 보내올 예단을 보면 알려니와 진실로 기특한 일이다."

그리고 백관을 보며 말하였다.

"사명당의 큰 공을 어찌 갚겠는가?"

신하들이 말하였다.

"이는 옛날에도 없는 일이오니 높은 벼슬을 주옵소서."

임금이 즉시 벼슬을 높이려 하니 사명당이 말하였다.

"소신이 어려서 삭발하여 중이 되고 불경을 숭상하였는데, 국난을 당하여 만리타국에 나아가 큰 근심을 덜고 태평해지니 불상 앞에서 무엇을 더 바라겠습니까? 벼슬을 받으면 산문의 종적이 불안하오니 불경을 원할 뿐 뜬구름 같은 벼슬길은 원하지 않습니다."

임금이 그 뜻이 굳음을 보시고 탄식하며 전송하였다. 사명당이 기뻐 하직하고 궐문을 나와 대사를 모시고 함께 향산에 도착하니, 모든 중이 나와 기다렸다. 불전에 나아가 절하고 불경만 밤낮으로 읽으니 높은 도덕과 명망이 나라 안에 울려 퍼졌다.

이때는 정유 십일월이었다. 왜왕이 사명당을 보내고 모든 신하들을 모아 의논하였다.

"어찌 십 척이나 되는 인피 삼백 장을 얻어 보낼 수 있는가?"

신하들이 모두 말이 없는데 예부 상서 한자경이 앞으로 나와 말하였다.

"이제 인피 삼백 장을 보내지 않으면 다시 재앙을 면치 못하리니 키 크고 장력(壯力, 씩씩하고 굳센 힘) 있는 백성 삼백 명을 모아 서로 싸워 승부를 겨루어 죽게 하소서."

왕이 옳게 여겨 장력 있는 백성 삼백 명을 뽑아 서로 싸워 죽이게 하니 백성이 통곡하며 서로 죽였다. 즉시 사람의 가죽 삼백 장을 얻어 조공을 바칠 때 왜왕이 하늘을 우러러 통곡하였다.

"이제 사람의 가죽 삼백 장을 해마다 바치면 백성이 어찌 견디겠는가.

신하들은 과인의 머리를 베어 무죄한 백성이 살생하는 재앙을 면하라."

신하들이 말하였다.

"전하는 가만히 계십시오. 이번 사신이 조선에 다녀오면 조선 왕도 필연 처단이 있을 것이옵니다. 벽도화 노산홍의 모략이 보통 사람보다 뛰어나니 이 사람을 보내소서."

왕이 즉시 노산홍을 불러 한탄하였다.

"경은 조선에 들어가 말솜씨를 발휘하여 이후로는 인피 삼백 장 조공을 면하게 하라."

노산홍이 말하였다.

"조선 왕도 백성이 있는지라. 사람의 가죽을 바치오면 어찌 놀라지 않겠습니까? 소신이 비록 재주가 없으나 힘을 다하여 돕겠습니다."

왜왕을 하직하고 나와 푸른 바다를 건너와 문서를 올리고 동래로부터 한양에 이르러 조회함을 알렸다.

임금이 사명당을 보낸 뒤 칠보(七寶, 부처의 일곱 가지 덕을 보물에 비유한 말) 부처를 위하여 압록강 안주성 밖에 칠보암을 짓고 칠불을 앉히고 천금을 들여 성을 쌓고 향산사 중에게는 공적인 일 외에는 시키지 말라고 하였다.

이때 일본 사신의 문서가 오니 임금께서 관리에게 맞도록 했다. 일본 사신이 들어와 사람의 가죽을 바치니 임금이 크게 놀라 사신을 불러 만났다. 노산홍이 달려와 엎드리자 임금이 말하였다.

"사람의 가죽 삼백 장을 조공으로 바치니 네 나라 백성이 얼마나 반성하였느냐?"

노산홍이 눈물을 흘리며 묵묵히 백배사례만 하니 임금이 명을 내렸다.

"왜왕은 죄상을 헤아릴 수 없어 네 나라 백성을 다 없애고자 하였으나 이제 귀순하니 다시 외람된 뜻을 두지 말라. 인피 삼백 장을 줄여줄 것이니 왜놈 삼백씩 동래관에 번(番, 차례대로 숙직이나 당직을 하는 일)을 세우고 놋쇠 일천 근과 정철(正鐵, 무쇠를 불려서 만든 쇠붙이의 하나)을 해마다 바치라."

일본 사신이 그 명을 듣고 황공하여 사례하였다.

"대왕의 덕택에 감사할 뿐이옵니다."

하고 감사하며 절한 후 물러 나와 십 일을 머무르며 행장을 점검하여 본국으로 돌아갔다. 왜왕을 보고 우리 임금의 말씀을 고하니 왕이 기쁨을 이기지 못하여 문무백관을 모아 우리 임금의 은혜에 감격하여 만세를 부르며 일본 백성도 부처국이라 하고 만만세를 부르니 도로 태평하게 되었다.

그 후에 왜왕이 동래 땅에 관문을 짓고 군사 삼백 명을 보내 수자리(국경을 지키는 일) 살게 하며 무쇠와 정철을 매년 조공하였다.

이때 조선 백성이 팔 년 전쟁의 상처로 먹고살기 힘들다가 임금의 덕으로 태평세월이 되어 백성이 만세를 부르고 격양가를 읊으니 요순 시대와 같았다. 이 얼마나 아름다운가.

지금 평안도 묘향산에 수충사란 묘당을 지어 사시사철로 향불을 피웠다. 서산대사와 사명당에 대한 전후 행적에 대한 기록도 남아 있으니 후대에도 알 수 있을 것이다.

죽고자 하면 살고, 살고자 하면 죽는다.

— 이순신(1545~1598)

이야기 따라잡기

평수길(풍신수길)은 태어날 때부터 기골이 장대하고 지혜가 뛰어나더니 일본에서 왕의 자리에 올랐다. 거기에서 그치지 않고 명나라까지 차지할 욕심으로 조선을 침략한다. 동래에 도착한 왜군은 목숨을 걸고 용감하게 싸우는 동래 부사 송상현을 죽이고 조선 각지로 흩어져 노략질한다. 이일과 신립이 왜군을 막아 보려고 했으나 역부족이었다. 한편 순식간에 서울로 밀려오는 왜군으로 인하여 선조는 평양으로, 의주로 피난길을 떠난다.

이전에 선조는 불길한 꿈을 꾼 적이 있었다. 동쪽에서 머리를 풀어헤친 한 여자가 기장 자루를 머리에 인 채 울면서 들어와 그것을 대궐의 계단에 내려놓는 것이었다. 그러자 전국에서 변이 생기고 민심이 흉흉해진다. 불안해진 선조는 그 꿈을 신하들에게 풀어 보라고 명령한다. 당시 영의정 최일령이 왜적이 침략할 것이라고 풀이하지만 선조는 나라가 편안한데 민심을 어수선하게 만드는 해몽을 했다고 화를 내며 최일령을 경상도 동래로 유배 보냈던 것이다.

그리고 임진년 삼월이 되자 그 꿈이 미리 일러 준 대로 일본이 쳐들어

온다. 일본의 장수 청정이 왜군 수십만 명을 이끌고 조선 땅을 순식간에 점령하였고 또 다른 장수 소서(소섭)는 평양까지 쳐들어간다. 왕은 도망가고 백성들은 고통을 당한다. 심지어 왕자들을 왜군에 넘기는 배신자들까지 나타난다.

이때 이순신은 수군 대장이었다. 이순신은 나라에 난리가 일어날 것을 미리 짐작하고, 거북선을 만들어 놓고 전쟁에 대비한다. 왜란이 일어나자 이순신은 한산도로 내려갔지만 우수사 원균은 당황하여 아무것도 못하고 있었다. 이순신은 잘 준비된 수군을 이끌면서 전략을 쓰고 용감하게 싸워 눈부신 전과를 올린다.

이때 조선 각지에서 의병들이 일어나서 왜적과 싸우기 시작한다. 평안도 강동 땅으로 유배간 조원익은 선비였지만 용감하게 의병을 일으켜 왜적 백여 명을 무찌르고 노략질한 양식 등을 빼앗는다. 또 함경도의 정문부는 백두산에 들어가 의병을 일으켜 삼만 명의 의병과 함께 왜장 청정과 싸워 청정을 도망치게 한다. 홍의장군 곽재우는 군사 일만 명을 모으고 지략을 세워 왜군을 물리친다. 산속에 묻혀 살던 승려들까지 승군을 조직하여 왜군에 맞선다. 이렇게 전국 각지에서 백성들이 의병을 일으켜 왜군을 물리치기 시작한다.

한편 선조는 명나라에 구원병을 요청한다. 그러나 명나라 황제는 흉년이 들어 식량이 없어서 군대를 보낼 수 없다고 거절한다. 그러자 명나라 황제의 꿈에 삼국시대의 명장 관우가 나타나 조선을 구해 주라고 한다. 하는 수 없이 황제는 이여송 장군을 조선에 보내어 왜군과 싸우게 한다. 이여송은 조선의 여러 장군들과 함께 왜군과 싸우지만, 조선을 작은 나라라고 우습게 보고 무시하기도 한다.

바다에서 이순신 때문에 연패하게 된 일본은 계교를 써서 이순신을 몰아내려 한다. 이때 충청 병사로 옮겨 간 원균은 워낙 시기심이 많고 음흉한 인물로, 눈부신 공을 세우고 있는 이순신을 모함한다. 선조는 일본의 계책과 원균의 모함에 넘어가 이순신을 잡아들이고 원균을 통제사로 임명한다. 원균이 크게 패하자 조정에서는 하는 수 없이 이순신을 다시 통제사로 삼는다. 이순신은 원균이 패전하는 바람에 얼마 남지 않은 배를 이끌고 바다에서의 싸움에서 승리한다. 그리고 자신은 노량해전에서 적의 탄환에 맞아 숨을 거둔다.

이순신의 활약으로 전쟁이 끝나자 선조는 다시 서울로 돌아간다. 그리고 조정에서는 김응서와 강홍립을 일본에 보내 정벌하기로 한다. 그러나 선봉 장군이던 강홍립이 작전에 실패하여 크게 패하고 만다. 이에 두 사람은 직접 일본으로 들어가 기회를 엿보려고 했다. 왜왕은 두 사람의 영웅적인 활약을 보고 자기 편으로 포섭하려고 한다. 강홍립은 설득에 넘어가 배반하지만 김응서만은 끝까지 항복하지 않다가 결국 강홍립을 죽이고 자살하고 만다. 김응서가 자살하자 그의 말이 응서의 머리를 물고 조선으로 건너온다.

일본은 다시 조선을 침략할 계책을 꾸미는데, 이를 짐작한 서산대사가 왕을 뵙고 왜구의 재침략을 막기 위해 제자 사명당을 일본에 보내도록 한다. 사신으로 오는 사명당이 살아 있는 부처라는 소문을 들은 일본의 왕은 온갖 수단과 방법으로 사명당을 시험하고 죽이려고 한다. 그러나 사명당은 초인적인 능력을 발휘하여 일본 왕의 시험을 이겨 낼 뿐만 아니라 그들을 위협하여 항복문서를 받아낸다. 거기에다 일 년에 사람 가죽 삼백 장을 조공으로 바치라는 조약을 맺고 무사히 돌아온다. 그리 하여 조선은 다시 평화를 누리게 된다.

쉽게 읽고 이해하기

임진왜란을 배경으로 한 역사소설 『임진록』

『임진록』은 누가 썼는지 또 언제 쓰여졌는지 알 수 없지만 조금씩 내용
이 다른 여러 가지 이본들이 많이 있는 것을 보면 상당히 많이 읽혀진
작품이라는 것을 알 수 있다. 이 작품은 하나의 줄거리가 연결되어서 이
어지는 것이 아니라 등장인물들이 전쟁 중에 펼친 활약상을 시간 순서
대로 그리고 있는 것이 특징이다.

인물 중심의 전쟁 이야기

『임진록』은 크게 네 부분으로 나눌 수 있다.
첫째, 임진왜란이 일어나기 전 부분이다. 일본을 소개한 후 임진왜란
을 일으킨 풍신수길에 대해 설명한다. 풍신수길의 출생과 성공 과정을
보여 주고, 풍신수길이 왜 조선을 침략했고, 또 어떻게 전쟁을 준비했는
가를 상세히 설명한다. 여기서는 전쟁을 준비하는 일본과 무기력한 조

선의 모습이 잘 대비되어 있다.

둘째, 임진왜란의 시작이다. 임진년(1592년) 4월 13일 왜군들이 동래로 쳐들어왔다. 갑작스러운 왜군의 침략에 목숨을 걸고 용감하게 싸우다가 죽는 동래 부사 송상현이나 밀양 부사 박진 등이 있는가 하면, 평양으로 의주로 피난 가는 임금과 높은 벼슬아치들, 그리고 왜군에게 항복하는 양반들의 모습이 그려진다.

셋째, 『임진록』의 가장 중요한 부분은 이순신과 의병들의 활약이다. 이순신은 일본 해군을 바다에서 전멸시키고 계속 이긴다. 또 정문부와 곽재우와 같은 의병들이 각 지방에서 일어나 용감하게 싸워 왜군들을 몰아낸다. 특히 김응서와 김덕령, 서산대사와 논개 같은 인물들의 활동과 이름 없는 백성들의 싸움이 펼쳐진다.

넷째, 『임진록』의 결말 부분으로서 조선에서 왜군을 완전히 몰아낸 후 강홍립과 김응서는 임금의 명령으로 일본에 건너가 왜왕의 항복을 받으려고 한다. 그러나 계략에 말려들어 실패하고 마침내 사명대사가 일본에서 건너가 왜왕을 무릎꿇게 하고 항복을 받는다. 특히 이 부분은 허구적이고 비현실적인 에피소드로 이루어진 것이 특징이다.

일본에 대한 분노와 적개심의 표현

이처럼 『임진록』은 여러 인물들이 전쟁에서 활약한 에피소드를 시간 순서대로 엮은 전쟁 이야기이다. 이런 이야기를 군담소설이라고 하는데 역사적인 사실을 바탕으로 했기 때문에 역사 군담소설이라고도 한다. 명문가에서 태어났으나 집안이 몰락하고 고초를 겪은 주인공이 혼자의 힘으로 나라의 위기를 구하는『유충렬전』과 같이 꾸며낸 이야기는 창작 군담소설이라고 한다.

『임진록』에는 특히 왜군에 대한 분노가 담겨 있으며, 왜군을 물리치는 영웅상 또한 잘 그려져 있다. 이순신이나 정문부, 곽재우 그리고 기생 논개에 이르기까지 모두 정의롭고 지략이 뛰어나며 현실에 타협하지 않으며, 애국심이 강한 사람들이다.

이와는 반대로 당시의 임금이나 높은 벼슬아치들은 나라를 지키지 못하고 무능하며 나약한 모습만을 보여 주고 있다. 결국『임진록』에서는 임진왜란이 전국에서 일어난 의병들의 활동과 용감한 몇몇 장군들의 활약으로 승리할 수 있었다는 이야기를 전해 주고 있다. 이것은 당시『임진록』을 읽은 독자들의 마음을 담은 것이라고 할 수 있다.

『임진록』은 임진왜란 후 일본에 대한 적개심과 복수심을 이야기에 담고 있다. 또한 허구의 이야기 속에서나마 전쟁에 승리한 것으로 꾸며 임진왜란이라는 나라의 수치를 말끔하게 씻고 정신적으로 보상을 받으려고 했던 우리 민족의 바람이 나타나 있다.

전쟁은 우리들 모두가 지나치게 게으르고, 지나치게 안이하고,
지나치게 겁쟁이기 때문에 일어나는 것이다.
— 헤르만 헤세(독일의 소설가 · 시인, 1877~1962)